O coração do dano

PERCURSOS LITERÁRIOS DE SOL A SOL

O coração do dano

María Negroni

Tradução: Paloma Vidal
Apresentação: Joca Reiners Terron

Esta obra foi publicada originalmente em espanhol com o título EL CORAZÓN DEL DAÑO.
© 2021, María Negroni
© 2023, Editora WMF Martins Fontes Ltda., São Paulo, para a presente edição

Todos os direitos reservados. Este livro não pode ser reproduzido, no todo ou em parte, armazenado em sistemas eletrônicos recuperáveis nem transmitido por nenhuma forma ou meio eletrônico, mecânico ou outros, sem a prévia autorização por escrito do editor.

1ª edição 2023
2ª edição 2025

Poente é um selo editado por Flavio Pinheiro

Tradução: Paloma Vidal
Acompanhamento editorial: Diogo Medeiros
Preparação: Ana Alvares
Revisões: Diogo Medeiros e Beatriz de Freitas Moreira
Produção gráfica: Geraldo Alves
Projeto gráfico: Gisleine Scandiuzzi
Paginação: Ricardo Gomes
Imagem da capa: Claudia Fontes, *Foreigners*, 2015
Foto: Bernard G. Mills

Dados Internacionais de Catalogação na Publicação (CIP)
(Câmara Brasileira do Livro, SP, Brasil)

Negroni, María

   O coração do dano / María Negroni ; tradução Paloma Vidal ; apresentação Joca Reiners Terron. -- 2. ed. -- São Paulo : Poente, 2025.

   Título original: El corazón del daño
   ISBN 978-65-85865-13-5

   1. Romance argentino I. Terron, Joca Reiners. II. Título.

23-174963   CDD-Ar863.4

Índice para catálogo sistemático:
1. Romances : Literatura argentina   Ar863.4

Cibele Maria Dias - Bibliotecária - CRB-8/9427

Todos os direitos desta edição reservados à
Editora WMF Martins Fontes Ltda.
Rua Prof. Laerte Ramos de Carvalho, 133 01325-030 São Paulo SP Brasil
Tel. (11) 3293-8150 e-mail: info@wmfmartinsfontes.com.br
http://www.wmfmartinsfontes.com.br

APRESENTAÇÃO: O MUNDO ILUSTRADO DE MARÍA NEGRONI

1. Objeto Negroni

Nascida em 1951 em Rosário, na Argentina, María Negroni vem construindo sua obra poliédrica desde os anos 1980, quando estreou em livro. Nela, a distinção entre gêneros literários se desfaz de modo crítico e os registros do poema, do ensaio e da prosa de ficção se confundem, em igual medida, com textos de irrefreáveis ecos autobiográficos.

Não à toa, a própria Negroni estabeleceu, em *A arte do erro* (2020), a ética relativa ao próprio trabalho, ainda que se referindo a autores investigados na citada coletânea: "Um dos mal-entendidos mais antigos em matéria literária (e que também pode ser estendido a todo campo da arte) é aquele que se empenha em classificar as obras em categorias, gêneros, escolas, ali onde, em sentido estrito, não há mais que autores e artistas, isto é, aventuras espirituais, assaltos e expedições dificílimas que se dirigem – quando estas valem a pena – a um núcleo imperioso e sempre elusivo."

Tal núcleo, um *eu* aproximativo e fugidio, pois infenso à redução da representação promovida pela escrita literária, surge nas dezenas de títulos da escritora argentina como um objeto geométrico de faces incontáveis a refletirem uma subjetividade composta por muitíssimas outras, subjetividade estilhaçada através de recursos como a apropriação e, mais frequentemente, a citação. Com isso, finge ordenar essa subjetividade para que recordemos que "o ego é uma fraude" – no dizer de Miguel Dalmaroni ao apresentar um de seus livros –, "a civilização uma prisão hipócrita, o tempo uma farsa".

Algumas palavras presentes nos títulos mais emblemáticos de María Negroni indicam o procedimento determinante de sua coesão: *arquivo, galeria, elegia, museu* são a "cola" dessa estrutura múltipla. Conduzida por um princípio organizacional (que inclui a descrição em entradas alfabéticas de personagens, bibliotecas, cartografias, filmes, dioramas, enciclopédias, exposições, fotografias, ilhas, brinquedos, manifestos, máquinas, bonecas, miniaturas, países, panoramas, coleções etc.), sua obra encontra no catálogo a forma ideal para recolher traços de um pequeno mundo – singular, excêntrico, magnético ao extremo – que se extinguiu. São dados que conformam uma sensibilidade única, a despeito de ser refratária ao sentido de unidade. Coisas velhas, cacarecos, obras, filmes e artistas conhecidos por poucos, já quase esquecidos.

A estrutura dos livros de Negroni, portanto, atende à etimologia presente na origem da palavra "catálogo": *katálogos* tinha na Grécia antiga um sentido semelhante ao de "ordenar um atrás do outro os nomes de algumas pessoas ou coisas para facilitar sua busca" (lista; enumeração). Como ela mesma explica numa passagem de *Pequeño mundo ilustrado*, ao se referir aos gabinetes de curiosidade, concebidos como "*theatre amplíssimi*, capazes de contrapor às faculdades múltiplas da natureza o poder de síntese do olhar humano", e que eram, por sua vez, dispositivos de luz e concisos microcosmos. Mais adiante, não é de todo absurdo interpretar certa afirmação como lema crítico da própria obra da escritora: "na alternância entre utilidade prática e gratuidade que caracteriza todo gabinete, no desejo de criar uma ordem própria, apesar de arbitrária, existe, sem dúvida, uma imitação do grande jogo divino. Não seria, talvez, de todo falso conceber o mundo como gabinete de curiosidades de Deus".

Como exemplo desse ímpeto catalogador tão iluminista, cuja pretensão parece ser a de miniaturizar sob a forma de entradas os itens de um universo pessoal e intransferível, em "pequenos cofres alfabéticos", segundo a autora, a trilogia involuntária composta por *Museo negro* (1999), *Galería fantástica* (2009) e *Pequeño mundo ilustrado* (2011) estabeleceu a ilusão artificial de preservar seres e coisas da desaparição, ao mesmo tempo que expõe uma espécie de pedagogia do gosto pessoal.

Organizados (talvez "resgatados" soe mais preciso) em breves definições típicas de enciclopédias, os verbetes são registrados com apuro ensaístico, ainda que tragam informações objetivas como datas, localizações e fontes bibliográficas. A intenção não difere da ambição megalomaníaca de Diderot e D'Alembert de mimetizar a realidade de modo a reduzi-la à abstração das definições arbitrárias, buscando assim tranquilizar nossa percepção das coisas com uma suposta ordem no caos a reger a natureza.

Nisso, relíquias, escolas de vanguarda, cineastas e artistas marginais como Stan Brakhage, Jonas Mekas ou Joseph Cornell, as passagens de Walter Benjamin, bonecas mecânicas de Hans Bellmer, a biblioteca do Capitão Nemo e mesmo os desdobramentos da trilogia que ganharam vida própria, tais como os livros *Elegía Joseph Cornell* (2013), *Archivo Dickinson* (2018) e

Objeto Satie (2018), compõem um autorretrato multifacetado de María Negroni, como se víssemos a escritora refletida num espelho estilhaçado no qual cada caco representa ao mesmo tempo o que ela é, uma artista deslocada no tempo e no espaço (pois, como Jorge Luis Borges, não parece ser argentina – e, no entanto, paradoxalmente não há nada mais argentino do que essa condição mestiça), além de retalhos de coisas esquecidas e engolidas pela História, coisas das quais ninguém lembraria não fosse María Negroni tê-las reunido em seus livros de natureza elegíaca.

2. O coração do dano

Paul Valéry entendia toda a literatura como "uma vasta vingança contra *l'esprit d'escalier*". Trata-se da expressão francesa que designa o estado de pesar que acomete alguém ao não devolver de imediato uma resposta à altura a qualquer provocação ou ofensa, o "espírito da escada" que assopra o revide somente depois de tudo acabado, no último degrau da rota de fuga. Segundo o poeta e crítico francês, os livros estão coalhados de sapos engolidos por demasiado tempo, até a réplica surgir fora de hora na forma de texto, porém nunca tarde demais, à medida em que a literatura opera segundo seu próprio e irrefreável transcurso, ao extrapolar a extensão de vida do autor e de seus contemporâneos.

Nesse sentido, a "resposta ao progenitor" representaria tradição bastante particular da literatura, tendo na *Carta ao pai* de Kafka sua expressão mais emblemática.

Em *O coração do dano*, María Negroni escreve sua *carta à mãe*, conformando uma visão da literatura correlata à de Valéry:

"A literatura é uma forma elegante de rancor. (Que frase escandalosa)", ela diz em uma passagem. Mas escandalosa por que ou para quem? Talvez para si mesma, que afinal pode devolver o troco (uma vingança?) tão longamente tramado.

Diferentemente da célebre carta não enviada por Kafka, porém, este livro de Negroni atende ao efetivo desejo de registrar uma relação estranhada e entranhada com uma mãe narcisista e por vezes incompreensível, sem dúvida cruel em sua desatenção, ao mesmo tempo que relata a constituição da jovem María enquanto leitora, a leitora que enfim culminaria na escritora. "Assim, eu circulava pela *tua* casa, sem nenhum centro de gravidade, como uma refugiada." Aqui temos o romance de formação de uma vida cujas guias formativas apontam o caminho da liberdade e da identidade, a diferenciação possível diante de um disfuncional lar sem livros.

No entanto, ao contrário de Kafka, que permaneceu até sua precoce morte vinculado ao pai opressivo, María renuncia à família ao ouvir os anseios libertários de sua geração e da contracultura, apenas para deparar com outros tipos de opressão: a ditadura argentina dos anos 1970 e a penúria econômica de uma mulher recém-formada com uma filha pequena.

E tais revelações, no caso de *O coração do dano*, não importam, pois não têm o poder de antecipar a leitura. A estrutura deste texto é a mesma dos movimentos deambulatórios de uma mente que vaga pelo passado e regressa ao futuro, ou ao presente da narração. Também não atende aos mandamentos típicos da ficção realista mais convencional, que exige transições suaves e repletas de muletas temporais. Pelo contrário, aqui as lembranças vêm e vão sobre a corcova do cavalo selvagem dos sentimentos, sem ordem plausível a marcar a cronologia, a não ser aquela ditada pelo bater do coração.

Essa pulsação, desde a epígrafe, obedece ao movimento da vida, "Escrever é horrível", escreveu Clarice Lispector, bússola norteadora desta pungente autoinvestigação de si. "Perder-se é um achar-se perigoso."

Joca Reiners Terron

"Vou criar o que me aconteceu."
Clarice Lispector

ADVERTÊNCIA

A literatura é a prova de que a vida não basta, disse Fernando Pessoa.

Pode ser.

O mais provável é que a vida e a literatura, sendo ambas insuficientes, iluminem às vezes – como uma lanterna mágica – a textura e a espessura das coisas, a complexidade assombrada que somos.

Foi o que eu busquei, Mãe.

Te dar, como no Apocalipse, um livro de comer.

Um pequeno livro, do meu punho e corpo, certamente errado em sua tristeza, que fosse fielmente um censo de cenas ilegíveis.

Algo assim como um compêndio abstrato em que eu mesma pudesse entrar, o menos tímida do mundo, para perguntar a ninguém o que fazer.

Pensei que talvez, nas bifurcações do caminho, lembrar pudesse equivaler a unir (e a perdoar).

Então valeria a pena.

Pelos meandros das páginas, eu poderia olhar as coisas que nem sequer acabam, sem cair e me assustar, sem renunciar de todo à intuição.

Não sei se consegui morder o que eu buscava.

Não sei, o que é pior, se era imperioso iluminar cada canto do medo.

Não disse Emmanuel Hocquard que o que importa, em todo artista, é um problema gramatical, não um problema de memória?

Resta-me o consolo de ter deixado coisas sem esclarecer, algo que frutifique no futuro como essas profecias que demoram anos em ser atingidas.

Nesse futuro, que pode estar no passado, aposto tudo.

Não existe mais fidelidade aos fatos do que errar o rumo ou divagar.

M. N.

Na casa da infância não há livros.

Patins, sim, bicicletas, caixas de papelão com lagartas de seda, mas não há livros.

Quando digo isso para minha mãe, ela fica furiosa.

É claro que havia livros, ela diz.

Não sei. De qualquer forma, não há uma biblioteca de exemplares ingleses como a que Borges teve.

Também tenho certeza de outra coisa: uma mulher difícil e linda ocupa o centro e a circunferência dessa casa. Ela tem olhos grandes, lábios de batom vermelho. Seu nome é Isabel, mas a chamam de Chiche, que significa brinquedo, pequeno pingente, objeto com o qual as crianças se divertem.

Em uma cena interminável, eu a observo se maquiar no banheiro.

Um feitiço ver essa mulher. Às vezes, fome e gula.

Puro dentro, puro enigma.

Minha fascinação a diverte. De vez em quando, ela olha para baixo e me vê. Só de vez em quando.

Minha mãe: a ocupação mais fervorosa e mais danosa da minha vida.

Nunca amarei ninguém como a amei.

Nunca saberei por que a minha vida não é a minha vida, mas sim um contraponto à dela, por que nada do que faço é suficiente para ela.

Perguntas que não formulo, não naquele momento.

Tento apenas adivinhar o vivo das coisas que vem a seguir.

Minha mãe diante do espelho, tão parecida com Joan Fontaine.

Será vaidosa até o fim. Nunca lhe faltará o batom nos lábios, nem mesmo quando seu histórico clínico registrar vinte e três fraturas, quando depurar sua estética da doença.

Minha mãe afirma que havia livros na casa da infância.

Quem sabe.

Olhe como estou suave!

Há convidados para jantar e lambuzei o corpo com o seu creme francês.

Era uma vez um antes, que se perdeu.

Alguém esquece uma coisa dessas?

Ou a esconde para sempre no colo?

Naquele antes há marcas, grossas como cicatrizes, dispostas a serem lidas, uma e outra vez.

O raio tem uma única função: queimar.

Queima ilustrado, feroz.

A palavra *teupai*.

A expressão *Não seja respondona*.

Encostas do mundo.

Vi vago o que vinha da noite.

Um livro não tem nem pés nem cabeça, escreveu Hélène Cixous.

Não há uma porta de entrada.

Escreve-se por toda parte, entra-se por mil janelas.

Um livro é, no começo, algo redondo.

Depois se ajusta.

Em certo momento, corta-se a esfera, achatando-a, transformando-a em retângulo ou paralelepípedo.

Dá-se ao planeta a forma de um túmulo.

Veste-se o livro com um casaco de madeira.

Ao livro basta esperar pela ressurreição.

A casa da infância não consta nos mapas.

Muito perto: fossos, terremotos, neve, um rio de pedras que transborda no verão e se calcina no inverno. Árvores-do-paraíso e uma rua bloqueada, por onde carros não passam: as crianças andam de bicicleta, brincam de pique-pega, de cinco-marias, de esconde-esconde.

Até eu, quando não estou fazendo lições de casa ou escrevendo a palavra "necessidade", primeiro com "c", depois com "s", no meu caderno do castigo.

Também há muitos pássaros felizes, pousados nos galhos.

Enorme e fria, a casa da infância: minha mãe acende aquecedores a querosene que fedem.

(A sala de jantar, ela diz, é um túmulo; quando eu morrer, coloquem aquecimento no caixão.)

Você tinha asma. Não respirava bem, nunca, ainda, nada aliviada.

Uma aridez progressiva, um clima de invencível solidão.

De repente, você começava a rugir, ficava nervosa, eu olhava para você, querendo te verificar com quais olhos.

Eu te perguntava internamente: Comeu, lobo?

Como se eu fosse me revoltar.

Até parece.

Logo eu obedecia. Como antes e depois, como a filha-modelo e lesada que era, como a menina mais doce do mundo, eu obedecia.

Não sei fazer outra coisa.

Nunca soube.

E no final, fiquei sem saber.

Com a orfandade, ali exposta.

A palavra *bigudi*. A expressão *humor de cão*.

Escreve-se na solidão.

Também, acrescentou Proust, chora-se na solidão, lê-se na solidão, exercendo-se a voluptuosidade, a salvo dos olhares.

Até mesmo dobrar os lençóis (algo tão insignificante assim), esclareceu Virginia Woolf, pode pôr tudo a perder, afastar a escuta silenciosa da qual toda escrita surge.

O ouvido afina no confinamento; é também isso que pedimos ao texto.

Um dia, os livros que nos entretêm começam a nos entediar (já advertiu Baudelaire, divertir-se entedia) e viramos viciados na escrita indócil, aquela que acentua sua estranheza, concentrando-se na história de ninguém, nos problemas de ninguém, no significado do mundo e na eternidade.

Quem escreve cala.

Quem lê não rompe o silêncio.

O resto é vício.

Disposição para enfrentar o que somos; o que, talvez, poderíamos ser.

Ela escreveu:

Querida filha, minha grande ilusão realizada,
minha única posse inteiramente minha.

Já meu pai me levava ao zoológico, me protegia do velho do saco, organizava rifas, jogos de futebol, bailes de carnaval com as crianças do bairro. Ele também liderava a banda de primos em Rosário, quando, no Ano-Novo, assaltávamos a cozinha da avó Tarsila e saíamos para a rua com panelas e colheres, no meio dos fogos de artifício, dos foguetes, dos rojões.

Amor que eu amei.

Cerro de la Gloria.

Sua eterna recitação do poema de Garrick, o ator da Inglaterra.

E, além disso, ele me conta histórias antes de dormir.

O rei narigudo é de uma inventividade frondosa. Quando ao belo Rei cresce o nariz por culpa da Bruxa Quebra-Vento e ele se inclina na sacada (como Perón?), os súditos jogam nele tomates, cenouras, cebolas e nabos, que a Rainha junta para fazer a sopa da noite. Em outro episódio, o jovem médico, que quer curá-lo para se casar com a princesa, escala o Aconcágua, arranca uma pena da cauda de uma águia, galopa até o Paraná, afunda no rio, perfura a barriga de um jacaré dormindo na água e consegue fazer com que ele cuspa a poção mágica em uma garrafinha de Seven-Up.

Ele também me leva ao hipódromo, onde tem um cavalo, Yugo, e para visitar Juan Gómez, seu cliente mais rico, que tem um Cadillac amarelo e é dono do primeiro canal de televisão da cidade.

Curiosamente, às vezes ele também me leva ao cinema.

Diz:

Meia-noite e ainda na rua, não tem vergonha?

Vemos *O homem do braço de ouro* e *Adorável pecadora*, onde Marilyn Monroe, sua atriz favorita, canta "My Heart Belongs to Daddy".

Um livro é uma perplexidade da clareza, anotou Edmond Jabès.

Escrever seria, nesse sentido, confrontar-se com um rosto que não amanhece. Ou, o que dá no mesmo: esforçar-se para esgotar o dizer e chegar mais rápido ao silêncio.

Saber *ou* não saber. Saber *e* não saber.

Sobre esse paradoxo e seus desvios, Juan Gelman pergunta:

"Algo se vê do poema? Nada. Estende uma/ mão para aferrar/ as ondinhas do tempo que passam/ pela voz de um pintassilgo. O que/ agarrou? Nada. A/ ave foi para o não sonhado/ em um quarto que gira sem/ lembrança nem esperas./ Há muitos nomes/ na chuva./ O que sabe o poema? Nada."

De noite, na cama, ouço minha mãe indo e vindo pelo corredor.

Da sala gelada até a porta do meu quarto, quilômetros.

Ao fundo, o jardim: um quadrado verde com uma parreira e pensamentos multicoloridos.

Conhecia esses longos caminhos, sem detenção alguma.

Ouço-a sufocar, parar por um segundo e recomeçar.

Uma vez ela me acorda de madrugada.

Coloca meu casaco sobre o pijama e me leva para buscar meu pai no clube onde ele joga pôquer com seus amigos.

Eu devia ter uns seis anos.

Gritando, fora de si, segurando minha mão, ela abre caminho entre as mesas, a fumaça, o bafo de álcool.

Não sei como nos deixam entrar.

Alguém que está apostando na mesa do meu pai a retém sem mais: Senhora, nenhum cavalheiro que se preze abandona uma mesa de jogo.

Não vejo nenhum cavalheiro aqui, diz minha mãe.

Se não houvesse nenhum outro episódio na minha infância, esse bastaria.

Ali estão a realidade como rastro, a dedução pura e o suposto reino da minha onipotência.

A tristeza é notícia?

Não mesmo.

Parece mais uma música galopando.

Planície que se enche de um acontecer, novidade quieta.

Com esse material eu escrevo.

Matagal da alma.

Também com esse material eu vivo, misturando, saqueando mundos.

Coloco em primeiro plano a intriga, adiciono o ângulo paranoico, subtraio o erro de entender. O resultado é um conto gótico, no meio do caminho entre o cemitério e o monólogo interior.

Uma paixão que inclui todos os seus desvios, seus transtornos, sua distorção.

De onde você tira essas coisas?, perguntaria minha mãe.

Olhe bem as fotografias, faz favor?

(Ela sempre se refere às provas.)

Há uma menina ali. Uma menina bem alimentada, de banho tomado, penteada, que é um primor.

Sua mãe cuida dela, protegendo-a contra a caxumba, a catapora, a rubéola, o sarampo.

Põe nela um avental branco para ir à escola.

Ajuda-a a soprar as velinhas.

A menina está usando um vestido de plumetis, com botões de madrepérola e uma fita de gorgorão rosa, combinando com o laço do cabelo.

Minha mãe: nada me convence.

Eu insisto no vivido (um supor); ajusto sua relação com a linguagem.

A raiva me salva da vida.

Dormia, portanto, no habitual do medo.

Como se eu não fosse uma criança.

Eu estava nos dias? Em me armar de repente?

Nas amplidões do meu sonho, calculava um possível?

em certos beijos
na subida do inverno
    melhor não entrar
vê-se demais
    ou de menos

    você sabe quem eu sou?
    sim   uma ideia   uma prisão arborizada
    um grande lobo negro

que tipo de lobo?
meu pequeno sol daquele lugar
aquelas névoas

Escrevi isso em *Arte y fuga*.

Sossego algum nunca. Nunca ficar esperta.

Minha vez de falar não chegava.

Os sobressaltos começaram, engoli o pavor, sempre atenta aos seus caprichos, aos seus ímpetos vorazes.

Melhor dizendo: uma criança se fechou, seu rosto se contraiu de dor. Quem sabe o que se podia esperar de um objeto em chamas.

A palavra *covil*, a expressão *você vai me deixar com cabelos brancos*.

Pela minha vida, Mãe, você estava faminta, explosivamente tua obsessão sem nome, as iras que ocultava.

E também artimanhas: você distorce os fatos; você mergulha, bufando, nos confinamentos.

Você me deixou sozinha no que foi escriturado da vida.

Como uma autora intransigente diante da própria infância amada e desastrosamente quebrada.

Quem vai caçar perde o que não acha.

Torna-se rica de tantas perdas.

A escrita é um assunto grave.

Não basta recolher os restos do naufrágio.

É preciso instalar, no meio das ruínas, as marcas da obsessão.

E depois deixar-se absorver, evitando o tédio de qualquer presente.

Tudo o que ela pede é ser *a própria intempérie*.

Puxar o fio do novelo do que não sabe, para tecer com isso um pensamento cego.

Às vezes, por esses meandros se chega longe.

Abandona-se a estupidez.

Tolera-se o peso do que escasseia.

Às vezes, muito raramente, consegue-se explicar *o que é uma rainha louca, como ela se deitou com sua mãe, seu pai, seu filho e seu cavalo; quando a Morte intervém para cuspir alguma pétala, e por que a boneca, ao abrir os olhos, sem que ninguém veja, diz Ke vida!, porque não sabe falar sem erros de ortografia.*

A bombinha.

Uma muleta para respirar, que minha mãe chamava, estrepitosamente, de tchufe-tchufe. Um tubinho que vai dar em uma pera de borracha e que ela aperta para fazer subir o remédio confortante.

A asma – entendi tarde – é uma agilidade cansada da mente, uma tortura que entorpece os sentidos, direcionando-os ao fundo de uma caverna onde rege a dor em sua mesmice, sem poder, portanto, ver ninguém.

Muito menos aconchegar alguém.

Assim, a menina que eu era esperava em vão que ela me ninasse, que deixasse o corredor para vir sentar-se ao meu lado, mesmo em sua doença ruim.

Inútil.

No final das rotas, a noite pedia que eu avançasse sozinha rumo ao desconhecido, não para conhecê-lo, mas para amá-lo.

Eu permanecia no escuro.

Em algum fim que o mundo contivesse.

Naquele ermo, nos tempos daqueles dias, os sentimentos se desfaziam mais rápido do que a neve e uma couraça começava a cercar o coração.

Que estranho crescer.

A gente se cerca como pode, se não de afeto, pelo menos de presença, de carapaça.

Às vezes, imitava a inteligência. Outras, me aperfeiçoava na arte de interpretar os assobios do peito de minha mãe, tudo aquilo que me fazia sofrer delicadamente.

(Minha boneca preferida, a mais bonita, se chamava Isabel.)

Eu teria gostado de desaparecer ali mesmo. Destruir os pensamentos, essas bolas de luz que, lançadas contra a desgraça, às vezes quicam nas paredes do crânio. Tudo o que pedia naquele momento era um pouco de generosidade, algo que não exigisse mais recompensa do que a minha pequena existência.

Pedia uma vez, todas as vezes.

Com conhecimento de causa.

Muitas vezes pensei que o corredor – a interminável subtração do amor que esse corredor instaurava – tinha me abençoado.

Tive que me render ao inaudito, aquilo que chega simplesmente, calado e sábio, como alimento cujas propriedades são ignoradas.

Seria capaz, desse modo, de existir?

Aparecer com menos?

Seria possível dizer que, de mãos dadas com o anjo asmático, atravessei uma única noite que foi todas as noites, o único corredor da minha vida.

Também fui atravessada por ele.

É possível escrever o que se vive?

Tomar como ponto de partida um pequeno rastro e copiar sem aspas, como quem engranza, algo tão minúsculo que nossa miopia mal vê?

Será possível inventar a enciclopédia de um mundo que não existe?

Duplicar uma exclusão com ritmo?

A poesia, escreveu Henri Meschonnic, é a crítica que o ritmo faz ao signo e o afeto ao conceito.

A esquizofrenia, talvez ele tenha querido dizer, pode ser útil: é preciso ir contra o saber, porque cada saber produz sua ignorância própria.

O resto é o corpo.

O pensamento que se dá na boca.

O que o ouvido vê, entre surdo e resmungado.

Não há subjetivação maior.

Eu assino com o sobrenome materno quando começo a escrever.

Fui a filha mais velha.

Tive o privilégio de monopolizar *toda* a sua atenção.

Minha mãe e suas tábuas da lei.

Seu gênio e figura, enfiando-se de uma vez em meu ascendente, minha lua dominante.

Sua lista do que sempre é pouco. E do tão pouco se torna muito e acima de tudo útil.

A tristeza pode mover montanhas, transformar uma fossa de leões em um tapete vermelho, pronto para celebrar *a hora da estrela*.

Ela me olhava de baixo. Os olhos afundados. Enterrada em mim. Marina Tsvetáieva: "Inesgotável o fundo materno! Com a altiva perseverança de um mártir, ela exigia de mim que eu fosse ela!" Também eu era, parafraseando Arreola, o lugar das suas aparições.

Eu te juro, Mãe.

Eu ficava em teu campo congelado, rodeada de sustos.

Também ficava triste em voz alta.

Corça incansável atrás de um segredo obscuro.

São coisas que não cabem em tornar-se ideia.

Em algum momento, comecei a escrever.

Um diário íntimo, primeiro.

Tentativas de poemas, depois.

Eu disse:

Parir ou explodir.

Se encontrar uma música, se sofrer ritmicamente, se não me der por vencida, talvez consiga desesperar-me completamente e transformar o espanto em uma máquina de resistir.

Logo em seguida, desenvolvi habilidades, técnicas, métodos para conservar cadáveres.

Tanto esforço para ser, apenas, um idioma de consoantes sem pássaro.

Perguntaram a Edmond Jabès:

Quantas páginas tem o seu livro?

Exatamente oitenta e quatro superfícies lisas de solidão.

Diga-me o que contêm essas páginas.

Eu ignoro.

Se você não sabe, quem poderia saber?

O livro.

Digo a mim mesma: as pessoas morrem às vezes.

Se não me falha a memória, eu também morrerei.

Morrerei muito. E não nas línguas que aprendi adulta, mas naquela que aprendi de saída, sem hesitação, quando meu nariz sangrava e era necessário cauterizá-lo, porque literalmente me esvaía em sangue.

Eu era uma garota aplicada, às vezes tirava nove.

Por que não dez?, você pergunta.

Nesse dia, o carinho não chega.

Tuas frases são cortadas com faca.

Com o tempo, as coisas não melhoraram.

(As coisas nunca melhoram.)

Sempre faltava algo.

O elogio morno, a figuração incompleta, não são suficientes.

Mãe, cripta, nicho, altar.

Uma mulher triste, em suma, delirando dentro da menina que eu era.

Será que não estou doente de tanto estranhamento?

Te pergunto isso mortinha.

Lupus in Fabula.

Ao pé de página: glosas, ecos, parágrafos que são todos dentes, carência, matança e prazeres.

"Um artista", escreveu Flaubert, "deve se virar para fazer os outros acreditarem que *não* viveu. Será que Deus, sempre presente, visível em lugar nenhum, alguma vez se deixou conhecer?"

Djuna Barnes concordou: "É preciso estar afastado da vida para entender a vida."

Também Pessoa: "A vida prejudica a expressão da vida. Se eu vivesse um grande amor, não poderia contá-lo."

Desprezível é pouco.

Não me deixei persuadir.

Não quis ser uma borboleta que nenhum entomólogo pudesse fixar.

Preferi continuar com hemorragias. Sem dúvida. Sem paz no coração.

Respirei o mais livre possível, e me lancei à fogueira.

Fiz bem, Mãe.

Sem capitular, sem dar um passo atrás, te cerquei, circunvalei.

O resultado foi um inventário de ofensas, uma carta-documento fantasiada de proeza heroica.

Escrevi:

> *Em uma multiplicação de homenagens, ecos, estupor, esperança, eu te dizimo, te saqueio. Loricas, arreios, bridões, formação em esquadra, espuma pela boca, emboscadas. Ar lúgubre como um som de guerra. Com um fervor tão perfeito a belicosa...*

A literatura é uma forma elegante de rancor.

(Que frase escandalosa.)

Aquilo, pelo menos, eu captava.

Uma árvore genealógica estranha.

Do lado materno, pretensões de nobreza: governantas, motoristas, porcelanas, e outros luxos, talvez, menos inúteis: meu bisavô Luigi, que estudou em Frankfurt, foi tradutor de Rilke.

Do lado paterno, asturianos, gente do campo, analfabetos. Recém-instalada em Rosário, nas encostas do rio, a família abriu um armazém que vendia bebidas. Todos os filhos, dois homens e duas mulheres, entregavam pedidos pelo bairro; todos foram para a universidade.

À minha mãe couberam as artes, a literatura e a música, mas também o orgulho, o desinteresse sexual. A falta de vivência, segundo meu pai.

Ao meu pai, o direito, o dinheiro e a sedução, mas também o pôquer, os cavalos. Os antros de perdição, segundo minha mãe.

O corpo, em nenhum lugar (exceto no cabaré, para ele).

A política, em todos (especialmente na raiva, dela).

Que coisa monstruosa poderia nascer de uma união assim?

Que cena em que você não esteja, como sempre, em perigo, e eu tendo que te tirar do teu papel de rainha insatisfeita?

A palavra *chateação*. A expressão *Lá vem você*.

Está sendo muito difícil avançar.

Escrever é horrível, disse Clarice Lispector.

(E depois caminhou por anos, como uma equilibrista, sobre a "cilada das palavras".)

Eu diria que também é trapaceiro. Pois enfeita a dor, coloca plantinhas, fotos, toalhas de mesa e depois fica morando lá para sempre, na capela ardente da linguagem, confiando que nada pode piorar porque, se já dói, como poderia doer mais?

Tudo é tão complicado, tão completamente verdadeiro.

Ou a vida é uma viagem para o nada e a escrita um atalho.

Ou o insolúvel vai mais rápido que o escrito e, quando menos se espera, o tempo acabou, e temos que dizer *Adeus, coisas*, porque não resta nada além, se é que resta algo, de uma pequena música nômade, na contramão do verão.

Fiz um dicionário bilíngue em *Buenos Aires Tour*.

Defini como pude uma série de palavras – aquelas que me obcecavam – e as reuni sob o título *Treasure Island*.

Escrevi, por exemplo:

Against: contra.

Body: você está aí? Não sabe, não responde.

Desire: um caixão como um barco no boudoir da fantasia, a noite diz que não.

Fear: uma garotinha mimada, um batom, um serial killer, há corvos sobrevoando esta cena.

Lovers: Como se diz em inglês Only my death will never leave me?

Mother: pequeno dedal, nana nenê, cuide bem do que perdeu.

Reality: Fuck you.

Words: orfandade. A rainha branca permanece onde estava, sobre a casa preta.

Depois eu disse:

Senhoras e senhores.

Venham e vejam.

Não percam o mais inverossímil espetáculo do mundo, os mais lendários e fabulosos Acessórios do Fracasso.

Apresento-lhes minhas Ilustres Marionetes.

A Morte em pessoa, com sua trupe de clowns, engolidores de fogo, contorcionistas e animais selvagens.

E a sempre itinerante, única em seu tipo, Exaltação do Eros, tão jovem e com essa cara de espertinha.

Eu disse:

Há batalhas que não podem ser vencidas nem perdidas: essa é a minha poética.

Seu corpo, Mãe, recém-chegado, dizia:

Estou ausente.

A isso eu chamei de escrever.

Entrar em um necrotério em busca de um céu que me chamava para perto, seu voo ao redor como um grande medo.

Sempre se busca a noite originária.

O sensorial na escuridão.

A única verdade *não* é a realidade.

Além disso, eu trago em mim todas as histórias autistas do mundo.

O lixo emocional completo.

A maldita vida, as crostas do uso.

Isto, em suma, não é um livro.

E se não é um livro, o que é?

Não sei.

Pequeno Museu de Cera I: Uma boneca toma chá com sua mãe, que a coloca de castigo porque ela não segura corretamente os talheres, porque lhe faltou o respeito e, acima de tudo, porque não consegue fazê-la feliz mesmo que se desvele (a boneca estuda francês, inglês, artesanato, teoria e solfejo, toma Redoxon, usa blusas de lã e é a criatura mais deploravelmente dócil do mundo). A mãe tem dor de cabeça e, em seus momentos livres, lê *L'éducation de la poupée*.

Surgem outros brinquedos: um ursinho de pano, Meus Tijolos, A Conquista do Himalaia, O Cérebro Mágico, o Ludo, Banco Imobiliário, e uma escola completa de madeira com seu Auditório, seu Quadro de Honra, seu Boletim de Notas, as Notas que a Professora envia e a execrável Bandeira que quem for melhor carregará.

A boneca continua de castigo, preenchendo dez páginas de um caderno sem erros de ortografia, como se fosse a *Miss Perfect*, e a mãe com uma dor de cabeça que não a deixa em paz.

A mãe deixa a casa na penumbra, coloca capas nos sofás, protetores de pano para que os brinquedos não arranhem o chão recém-encerado, ordena que não façam barulho na hora da sesta e vai embora.

A boneca fecha os olhos e depois passa a vida inteira no buraco negro das palavras.

Soube do exílio, pela primeira vez, na casa da infância.

Meu pai anunciou um dia, sem mais nem menos, que iríamos morar em Buenos Aires.

Que coisa horrível se esconde nesse nome?

Senti um receio. Um gosto menor ao ouvir.

O fim do que é bom sempre chega. Percebi que reclamar seria em vão. De que serviria?

Meu pai diz: "Juan Gómez morreu, outro advogado fará a sucessão."

Ele diz: "Não faz mal, tudo o que acontece é para o melhor, Deus proverá."

Nesse momento, já existe na família uma "irmãzinha".

Uma bebê linda de quem tenho uns ciúmes terríveis e que um dia abandono a duas quadras de casa.

Como no caso dos livros, minha mãe me contradiz. Você inventou essa história, ela diz. Eu nunca te deixaria sozinha na rua com o carrinho da bebê.

Vai saber.

Seja como for, após o parto, minha mãe tem flebite e passa meses na cama. Uma avó, a de que eu menos gosto, vem cuidar de nós.

Os ciúmes dormem com a boca aberta.

Minha mãe diz: *Ciumeira*.

Eu tentava ser boazinha, do tamanho do céu, a melhor.

Todo amor não é uma espécie de competição?

Não sei onde meu pai está, por que ele não me conta a história de Choele Choel, com seu famoso refrão: As comparações são odiosas.

As crises de asma pioram.

Hoje não, amanhã também não: frustrações não esclarecidas de perto.

Há cascudos, castigos, me trancam no banheiro se me comporto mal.

Um dia, minha mãe desaparece.

Uma cura de sono, dizem.

Um hospital.

Chegam dois cachorros pretos, muito maus, no jardim. Não sei de onde vieram nem de quem são e, sobretudo, por que um dia não estão mais lá. Pergunto para minha mãe se isso também foi inventado por mim.

Do que você está falando? Nunca houve cachorros em casa.

Não me atrevo a perguntar sobre a cura de sono.

Evito os sacrifícios de conversar e tudo o mais.

Mais tarde, me informarei.

"A cura de sono é útil para casos graves de psicose ou pacientes que tentaram suicídio. Considerada terapia intensiva da psiquiatria, exige supervisão. Não se trata de colocar os pacientes em hibernação, mas de isolá-los do seu ambiente para aplicar tratamentos adequados, que incluem vários tipos de descargas eletroconvulsivas."

Tenho dez anos ainda.

A verdade é um armário cheio de sombras.

Nada jamais anula nossa infância.

Restará em mim um medo de cachorros para sempre.

Se eu tivesse que escolher uma única posse do mundo, escolheria esta cena de infância: meu pai me levando de cavalinho pelo jardim das coisas.

Do alto, a realidade pode ser inventada.

Também pode ser vista como é: impossível.

Upa, cavalinho.

Alguns livros também nos levam de cavalinho. São como

carrosséis, a cada volta descobrem algo, que fazem parar e reaparecer e, às vezes, até conseguem nos aliviar do conhecimento.

Estou contando minhas camadas, meus anéis concêntricos, como se fosse uma árvore.

Gostaria de saber se existo de verdade, se meus anéis visíveis falam de uma idade ou de um estado de consciência ou algo assim, não importa o quê.

Na cena da infância, está o mundo.

Na cena da escrita, também.

A mesma desordem, a mesma felicidade inalcançável: cada palavra é um soldadinho de chumbo, cada sílaba um anel, cada letra o vagão de um trenzinho elétrico que passa pelas estações com sua infalível carga imaginária e retorna, sempre, ao ponto de partida.

Subo de novo de cavalinho no meu pai.

Como um pensamento que não quer alcançar o que pensa, fico quieta.

Como não esperar alguma recompensa?

Olho para todos os lados.

Me pergunto onde está escondida a terra preta do corpo, a ignorância que nos ensinaria tudo.

Círculos da árvore, círculos do carrossel, círculos do trem elétrico: continuo girando sobre meu pai no jardim da vida.

Tiro, uma a uma, as camadas do visível que me impedem de ver.

Talvez os livros sejam também isto: uma viagem para a transparência.

Escrevo para não morrer.

Sob esta frase há outra e mais outra.

Não sei quais são essas frases.

Sou, quem sabe, esse olhar longo e lento da menina que fui, sobre o centro radiante da incompreensão.

Dizemos de um autor ou de uma autora: escreveu o enterro de um pássaro. Como dizemos de alguém: teve uma arritmia severa, será preciso dar-lhe furosemida por via intravenosa.

Esse desconsolo.

Todos nascemos, sabe-se, como Atena, de uma forte dor de cabeça. Essa dor de cabeça tem a voz ansiosa, os olhos pisados.

O que estou dizendo?

Quem fala de mim, por mim, contra mim?

Quem pode saber, na solidão do vago, como se escreve um exílio?

Como o Anjo da História de Benjamin, vou olhando para trás e sou empurrada por um vento.

No vento se acumulam ruínas de tua figura, Mãe, sem ordem alguma:

mulher bonita – bebê de colo – ser insuportável – menina velha – anciã demais – alma invisível.

No vento tudo se perde, e tudo subsiste.

Pedaço de noite em pleno dia.

Durante anos, tossi com esmero, imitava você muito bem.

Ficava rouca sem razão alguma.

Minha mãe consultou um otorrino.

É preciso remover as amígdalas, senhora. Caso contrário, esta menina continuará tendo amigdalites repetidamente.

Eu ouvi discordante.

Vi um aspecto estranho em seu rosto.

Mas não consegui me opor: fui operada alguns dias depois.

Sem mais preâmbulos do que uma fé nos fatos por se manifestarem.

As afonias continuaram.

Isso não me impediu de estudar, recitar os casos do latim, me destacar, não importa em quê.

Assim foi como foi.

Muitos anos depois, uma professora de ioga me disse simplesmente:

Sofrer é uma decisão.

Uma decisão *cognitiva*, acrescentou.

Ah.

Por que continuar brindando à sua desgraça?

Não soube responder.

Uma astróloga também opinou:

Você tem um mapa astral do Terceiro Reich.

Um horror, nunca vi nada igual.

Pois é.

Me amarro à biblioteca.

Me parafuso ao caderno.

Apago a palavra *férias* do meu dicionário.

Nada de achismos.

Nada de fazer as coisas de qualquer maneira.

Bisbilhotar não te levará a lugar algum, exceto à indiferença, à inércia, à apatia, à negligência, à letargia, Deus nos livre e guarde.

Tudo seja pelo ruído da ausência de ruído, a clareza da confusão.

Devo-te uma lealdade, Mãe.

Assim como integrar o quadro de honra dos tormentos.

Eu me defendi como pude.

Opus à tua figura espessa a fragmentação; à grandeza de tua ficção, o encanto do microscópico; ergui barricadas diante da falta de limites.

Azuis de um azul.

Queria ainda e ainda te ver.

Morder teu cheiro, tua música de pano.

Depois, me perdia entre os riscos, como uma cabra arisca, que sobe sozinha o monte, evitando obstáculos.

Ou então me fechava na caverna, único lugar habitável, único apto a me esconder (supostamente) de você.

O importante era o gesto separatista.

A singularidade como sintaxe. O prestígio, um pouco ingênuo, do anacronismo.

Estou me adiantando.

A palavra *amofinar*.

A expressão *Olhe para a minha boca quando falo com você.*

A infância dura uma década.

Exatamente dez anos, preparando-me para o grande desvio.

Escrevi:

Existe uma fotografia em preto e branco em que estamos as três: Mamãe, minha irmã e eu. Mamãe está com um vestido xadrez, cinza e branco, o cabelo preto, um sorriso jovem. Minha irmã é uma nanica com um dedo no nariz. Eu – onze anos contra o sol da varanda que dá para a rua Azcuénaga – pressinto a tristeza. Através dos meus olhos, pretos como nunca mais tive, passam barcos guerreiros, lanças e homens faminto por poder, ou seja, desejosos de mulher. Vejo que os barcos se aproximam e que ainda não decidi: a) se quero que os navios afundem e, com eles, os homens e tudo o mais; b) se devo empunhar as armas e subir aos navios; c) se devo ignorar os navios e ficar ao lado de Mamãe para sempre, mas isso se parece muito com a morte.

Esse poema, incluído em *El viaje de la noche*, se chama "Encruzilhada", mas também poderia ter se intitulado "Primeiro golpe de adolescência".

As mudanças se multiplicam em Buenos Aires, trazendo à cidade do corpo o sangue mensal, ficar pálida frequentemente, tornar-se "mocinha".

Às vezes, eu parecia uma menina cinza, recostada na varanda para ver as nuvens.

Eu estava me sabendo?

Se não me engano, foi nessa época que comecei a me esconder nos livros.

A procurar ilhas desertas, selvas de feras selvagens, febres do ouro e rios onde as leis são outras.

É o meu modo de tolerar a indigência, sua garganta áspera.

Na fotografia do poema, eu sou a garota à esquerda, aquela com o arranhão no joelho. Estou clara e recente, atrozmente nítida, como se perguntasse:

Os beijos acontecem?

Vêm danos deste céu ambíguo?

Da varanda aos livros, o medo e o encantamento conduzem a aposentos onde reina o passado, mas também as coisas acabaram de acontecer, estão se fazendo agora, em preto e branco, sobre a página.

Essa queda na noite, indisciplinada e turva, é a literatura.

Joguei tudo no naufrágio.

Bebi suas águas pretas.

Meu coração se encheu de pedras.

Pequeno Museu de Cera II: De tempos em tempos, a mãe classifica fotos da boneca.

Agora, por exemplo, ela as espalha e organiza sobre a mesa e, para cada uma, coloca um título: filha de patins – filha com febre – filha trancada no banheiro – filha morta de ciúmes – filha lendo.

A boneca mesma não está presente.

Foi para a escola.

Saiu levando uma marionete muito alta e pesada, que tem os mesmos traços dela, a mesma doçura enganadora que abriga uma raiva imensa.

Quando a professora aparece, a marionete, que a boneca pôs sentada ao seu lado na primeira fila, diz: "Nós existimos tão pouco."

A professora começa a gritar: "Vocês vêm para a escola para estudar, não para semear o caos ou ideias subversivas."

A boneca não presta atenção, ocupada que está desenhando os segredos da aula morta.

Demorei para saber, pelo contrário, que escrever é doloroso.

Um livro não é incubado facilmente.

É preciso gestá-lo devagar, escavar até encontrar a carta infectada que, exposta à vista de todos, se esconde nele.

Dessa carta estão faltando letras, tem letras demais, sempre diz o que não diz. E, além disso, é endereçada a si mesma. Como enviá-la?

Escreve-se, dizem, com uma mão arrancada da infância.

Essa mão ama a repetição.

Não aprende a aprender.

Tira alegria das coisas tristes.

A palavra *não*. A expressão *Não é não!*

Será que só há amor se for com luto?

Há dores assim, truculentas, que escolhem o aconchego do sofrimento.

Minha mãe sempre foi a dona da linguagem.

A guardiã das joias verbais, com todas as suas prosódias, suas locuções, suas formas adverbiais, adjetivas, nominais e, sobretudo, adversativas.

Uma turma inteira de retórica dentro da criança que eu era.

A mulher é a vala do homem, você dizia.

Tenho provas.

Você repetia isso diariamente.

E eu imaginava os homens como bestas, ejaculando noite e dia, nos buracos das árvores.

Assim falava a Autora-dos-meus-Dias.

Com suas palavras mordazes, que usava como facas (e, às vezes, como espinhos delicados), adivinhava a sombra das coisas, o tártaro do pensamento.

Dizia: só eu tenho tesão na música, pensamento no sangue, rosto na escuridão.

Sabia onde e como ferir.

Anulava o adversário, mais rápida que um lince, o dela era um dilaceramento extraordinário.

Uma mulher desamparada, com mãos descarnadas (como as minhas), que exportava ansiedade.

Eu a escutava avidamente, com sensatez, nas trevas.

Mosca morta, aprendia a lição, aguardava minha vez de reger essa orquestra de sentimentos cruéis.

Eu já disse: roubei-lhe o vocabulário, preciso e irritante, sem me privar de nada, em *La jaula bajo el trapo*.

Nunca vi tanta debilidade. Tanto ir e vir de buraco psíquico em buraco psíquico.

Foi um primeiro talento abordá-la.

Uma missão suicida para reduzi-la.

Falso alarme.

Eu tinha *O Tesouro da Juventude* na minha biblioteca de adolescente.

Passava horas na sua companhia, sem saber do que gostava mais, se da algazarra de imagens ou dos amálgamas que superpunham tudo: a geografia e a puericultura, as instruções para montar um aquário e os reinos da natureza, os passatempos e o livro dos porquês.

Intuí logo que nessas prolongações eu nascia, fortalecia o primeiro sonho, a quantidade de desejo.

E que eu preferia essa quietude – é um modo de dizer – ao tempo sempre insosso que passávamos na horrível pracinha Las Heras com Francisca, a moça que trabalhava lá em casa.

Sempre fui viciada em enciclopédias.

Muitos anos depois, com o dinheiro de uma bolsa, comprei a *Enciclopédia Britânica* na livraria Strand de Nova York.

Mais tarde ainda, transformei o vício em teoria.

Tive a audácia de dizer que o tecnoarcaísmo do Capitão Nemo e a *Enciclopédia das Ciências, Artes e Ofícios*, de Diderot e D'Alembert, são equivalentes. Também, que há afinidade entre a coleção de "histéricas" de Jean-Martin Charcot, o *Dicionário de ideias feitas* de Flaubert, as caixas de Joseph Cornell, os falanstérios de Fourier, o Mundaneum de Le Corbusier, as taxonomias de Lineu, as exposições universais e esse texto inclassificável que é *A biblioteca ideal*, de Raymond Queneau.

Vai saber.

As misturebas são mercados de pulgas da imaginação.

Bem-vindos à salvação e perdição simultâneas do poema.

Escrevi:

Toda garota esperta lê romances.

A página imita o deserto.

A morte se alimenta de tanto jejum.

Uma ferida puxa outra ferida.

Mães são perigosas.

Red shoes run faster.

De todos os brinquedos do mundo, prefiro as

[meninas quietas.

Em suas posições! Preparadas! Já!

Em busca da língua bífida da mãe.

De uma letra para outra, a atalho é outra letra.

A infância está na lua.

Continuará.

Sempre detestei a rua Azcuénaga.

Havia escassez de todo tipo, privações.

E também sobravam brigas.

Lavou as mãos?

Senta direito.

Os talheres não são um enfeite.

Parecia que um deus, distribuidor de irrealidade, tivesse caído impiedosamente sobre a cena doméstica, nos deixando à mercê de pássaros trêmulos.

A situação piorou.

Meu pai foi embora de casa.

Deve ter se cansado, pensei, das tuas recriminações.

O vício, os burros, todo santo domingo da tua vida te deixando sozinha, e agora, além disso, em uma cidade nova, com duas filhas pequenas e sem dinheiro.

Alguém disse: assunto de saias.

(Ela disse exatamente assim.)

Minha mãe respondeu:

Amigões. A culpa é dessa cambada de safados. Uns vagabundos completos.

E logo acrescentou:

Nunca lhe faltaram camisas passadas.

Nem um prato de comida na mesa.

Nem um lar decente.

Depois murmurava sozinha.

O que mais se pode esperar do filho de um dono de armazém?

Sempre deu pra ver de onde ele vinha.

Como eu poderia saber?

O fato é que ela passou por maus bocados.

Conseguiu um emprego como bibliotecária em uma escola de padres, a duas quadras de casa. Com o emprego, também chegou o seu "diretor espiritual", o padre Novoa, um gordo repulsivo, libidinoso, com batina suja, que às vezes nos visitava.

Também chegou um rosário de contas vermelhas e um Sagrado Coração de Jesus com folhas de louro, que Francisca pendurou na cabeceira da tua cama.

Naquele inverno, você começou a se agitar cada vez mais, não apenas por causa da poeira dos livros.

Ela me diz que está com frio, me pede para deitar com ela, para abraçá-la, para ser o seu cobertorzinho.

O pedido se repetirá.

As crises a tornavam despótica.

Houve imprecações.

Veemências.

A casa cheira a xarope, o xarope cheira a naftalina, a naftalina cheira a lenços de seda, que queimam e fazem buracos nas telas, e os lenços cheiram a um pássaro de camisola branca que vai e vem pela minha cabeça, com seu cobertorzinho rosado de matelassê.

Um cenário, na real, de arrepiar.

O que fazer com uma economia tão sombria?

Dia e noite desfilam médicos e enfermeiras que colocam enemas, ventosas, injeções, supositórios, corticoides.

Valium para te sedar e Stelapar para te arrancar, por um tempo, da depressão.

Mais tarde, ela se transformará em "policonsultora", o termo é da sua médica de cabeceira. Ela manterá um registro pormenorizado das quedas, fraturas, cirurgias, radiografias, infiltrações, tudo meticulosamente organizado por data, especialista, hospital.

Assim são decididas as lutas entre a felicidade e a desgraça.

Assim, também, se exercita a arma da vulnerabilidade.

Recriminando.

Minha irmã e eu a olhamos.

Vivi para vocês, diz.

É verdade.

Me sacrifiquei por vocês.

É falso.

A palavra *espelunca*.

A expressão *Você não é ninguém*.

Ela podia ruminar uma repreensão por anos. Sua franqueza é cortante, sua atenção, brutal.

Qualquer ataque de asma agora se torna derrota. Você fica muito mais brava, ameaçando tomar o vidro inteiro de comprimidos. Você ia e vinha pela casa, desgrenhada, com um robe horrível.

Precisamos te dar o tchufe-tchufe, procurar farmácias de plantão que vendam esses benditos calmantes.

Eu vou!

Ela me olha e diz que quer morrer.

Eu me exaspero, dou a mão para a irmã mais nova.

Duas meninas de mármore.

Não quero que ela nos deixe sozinhas. Não tão cedo sozinhas, nem tão completamente, sem o seu amor friorento, no jardim da experiência.

Com o desmoronamento, começo a ouvir um barulho: o motor implícito da escrita. O que depois será a minha poesia, nosso segredo tácito, um pacto entre as duas.

Começo a juntar coisas, ou melhor, sombras verbais de coisas, para enterrá-las mais tarde em algum livro que terá, como todos os livros, a forma de uma caixa.

Um caixão para um diálogo de mortos.

No resto do dia, séria e isolada, faço as lições, leio quadrinhos de *Archie* ou da *Luluzinha*, assisto a episódios de *Lassie*.

A salvação é um golpe de astúcia.

Depois me tranco no banheiro, passo horas me olhando no espelho, cobrindo os seios minúsculos com uma toalha para me parecer com a Marilyn Monroe.

Baudelaire definiu a beleza como um sonho de pedra.

Ele talvez tenha querido dizer que, na experiência estética, intervém algo da ordem do crime e da taxidermia, que todo artista é um *dealer* da morte, que canibaliza a vida e a transforma em fantasma material.

Balzac complexificou a ideia.

É preciso um talento imenso, disse ele, para pintar o vazio.

Seu pintor Frenhofer, em *A obra-prima ignorada*, sabe disso muito bem.

O retrato da mulher amada, que ele prepara há anos em seu ateliê secreto, não é viável.

(Quando finalmente o mostra aos amigos, eles percebem apenas um caos.)

Algo muito grave aconteceu enquanto ele pintava: uma percepção tão densa, tão colada nos desejos mais ilícitos, que se tornou clara, intoleravelmente clara, quer dizer, invisível.

À tela manchada de Frenhofer, E.T.A. Hoffmann opõe uma tela virgem.

Seu pintor Berklinger passa horas em transe, sem tocar em um pincel, hipnotizado por algo que apenas ele vê. Ou melhor, ele pinta sem a necessidade de pintar. Meu quadro, diz ele, não se propõe a significar, mas sim a *ser*. Daí que, em sua tela branca, erga-se um vazio, uma espécie de *temps retrouvé*, sem suporte.

A criação, ao que parece, não é um destino invejável.

É preciso avançar às cegas, sem poder recuperar (ou reter) o corpo, exceto como *alien* ou morto que retorna.

Um dia, na hora da sesta, enquanto brinco de insinuar um decote diante do espelho do banheiro, ouço que ela chora.

Com as defesas baixas e um pé na emergência, ela está chorando.

É um inventário de sombras.

Um choro antigo, gutural, relutante a qualquer amparo. Uma espécie de alquimia invertida de todo triunfo, inclusive potencial.

Eu, uma criança ainda muito na minha, fico imóvel.

Parada, assombradiça, esperando o quê.

Que a verdade passe?

A palavra *bucho*. A palavra *afetada*.

A expressão *Parece até retardada*.

Algo está acontecendo, e é extremamente grave.

Eu já disse: minha mãe é o grande amor da minha vida.

A medida de todas as coisas, aquelas que de fato assim são, aquelas que de fato assim não são.

Um amor teimoso como um coágulo.

Por que essa mulher chora?

Que infortúnio a assola agora? O que a deixa desequilibrada? Que narrativa em trânsito para a irrealidade?

Perguntas em carne viva.

Passam séculos, horas, segundos, sem nenhum entrever.

Passa um cortejo para um objeto ausente.

Escrevi:

apenas um intenso
tédio
em companhia de ninguém
e aparecem
coisas nunca vistas

:

um pássaro enterrado
na nuca do pássaro

Os versos estão no meu livro *Exilium*.
Não me lembrava dessa imagem.
Nem deste sonho de *El viaje de la noche*:

Tive que viajar para Nevada para te ver. Uma vasta planície cercava a casa onde você me esperava com uma túnica branca, mais alta do que o habitual. Pressenti que a casa existia na memória, o que você confirmou atravessando com o braço o gelo que agora substituía as paredes. Acostumada a me esconder nas palavras, quis te dar uma carta. Essa carta falava das diferenças do rio: o que foi, o que é, o que será. Mas você era o rio e a imagem do rio, visto de cima (quero dizer, a própria fúria). Você me olhou, morada de ternura, sob a cor inconstante da névoa. Acabei tentando prender a carta em suas penas. O bico tremeu ligeiramente. Você me deixou à mercê da felicidade, te contemplando, agora que você era um enorme pássaro branco.

É assim, Mãe.

Há pássaros que botam ovos de ferro.

Os livros são a música de um saber que se ignora.

Eu teria preferido não ter ouvido o teu choro.

Mas a vida é algo extenso, nem sempre pode andar junto, ser resolvida imediata e simplesmente.

Você dizia:

O que você quer? Uma vida como a minha? Casar? Ter filhos?

Teus sermões de respiração devorada duravam: você desabafava à vontade.

E teu objetivo claro, tão inteiramente próximo do orgulho e da noite.

Qualquer coisa, menos se submeter a um homem, à aspereza das suas maneiras, dentro e fora da cama.

Qualquer coisa, menos depender dele, financeira ou emocionalmente, e aí a imagem da vala do homem retornava e o buraco nas árvores, e a cada momento a palavra *teupai*.

No quarto ao lado, o choro continua ressoando.

Sem fim, sem saber como.

Então, tomei a decisão.

Eu bem que a tomei, em plena algaravia, com plena inconsciência.

Eu disse:

Nunca mais, por nada neste mundo, vou me olhar no espelho enquanto cubro os seios.

Não esquecerei um segundo a tua dor.

Por meses, por anos, tendo só essa coisa em mente.

Pedra escura do mundo.

Fiquei calada pelas dúvidas, não queria alertar o mais triste, ficar craque em desgraças.

Saio do banheiro em silêncio, vou para o meu quarto e abaixo as persianas.

Abaixar as persianas, diria minha professora de ioga, é *outra* decisão *cognitiva*.

Christina Rossetti: *I lock my door upon myself.*

Estou trancando algo e não sei o que é.

Essa memória não é corrigível pela minha mãe, nunca lhe contei.

A palavra *fominha* e a palavra *cofrinho*.

A expressão *Você é que sabe.*

O coração é esses pormenores.

O extremo é uma escolha.

Também é uma arte.

Não é fácil chegar a um *delirium tremens*.

O que se busca é arrastar o centro até a borda (mas qual centro?, qual borda?), e ali ficar pregada, como uma borboleta, no deserto não nascido da voz.

Sempre há um livro no deserto.

E vice-versa.

Também há danos colaterais.

O sacrifício de um filho ou de uma filha em um altar de pedra.

Isaac.

Ifigênia.

O mutismo se torna vil, as tensões crescem entre o que não se mostra e o que não se quer (ou não se pode) mostrar.

Como no filme de Tarkovski, a viagem à "zona" oferece tudo, sob a condição de atravessar o campo minado da vida.

A essa audácia chamei fixação: método do discurso para a observação do nada.

Estou entrando na adolescência.

"O pássaro rompe a casca. A casca é o mundo. Quem quer nascer tem que quebrar um mundo. O pássaro voa em direção a Deus. O deus se chama Abraxas."

Avanço sem outra rua privada a não ser a confusão.

Sem mais pontos de referência a não ser uma cabana muito solitária, a rebelião de um rio cheio.

Animal deslumbrado e bicudo.

"Aquí llegó Balá*" misturado à expressão *Não-deixe-tudo--jogado-isso-não-é-um-barraco*.

Minha quantidade de insolência. Suas árvores daninhas.

Pareço colocada ali pela linguagem.

Uma soma de rancores, prosas com más intenções, em busca de um bestiário anímico, é interminável.

Nessa deriva eu aposto tudo.

Começa a infância da obra.

Tinha visto *Children's Trilogy* no Anthology Film Archives de Nova York.

Em uma das cenas mais belas do filme, uma menina de dez anos, montada em um cavalo branco, atravessa o quadro nua, coberta por sua cabeleira loira, como se fosse uma versão minúscula da Lady Godiva.

---

* Referência à canção de Carlitos Balá, humorista argentino que teve diversos programas de sucesso na televisão a partir dos anos 1960. [N. do E.]

O estupor foi tamanho que, no dia seguinte, voltei à cinemateca e consegui uma cópia do fotograma.

Demorei dias para perceber a coisa mais óbvia.

O diretor, Joseph Cornell, estava aludindo com essa imagem a uma espécie de infância morta. Mas não era só isso, ou não somente, o que me impactara.

Algo estava escondido na nudez aberta da menina, algo que se perderia para sempre quando ela terminasse de atravessar o quadro.

E eu queria descobrir em que consistia exatamente essa perda. Escrevi, como de costume, observações nômades:

A nudez é um fruto aberto. Talvez, se um deus segurasse a menina diante de um fogo, pudesse queimar a mortalidade dela. Mas nesta paisagem não há deuses. Há um castelo onde germinam as festas, a batalha, a noite de asas negras e a porta dupla da visão interior. Não é pouco. A menina avança. O cabelo que a cobre a isenta por enquanto do mais árduo dever divino: fazer amor. Mas a caça amorosa, com suas luas, seus ciclos de sangue, seu encantamento e seu preço, já a persegue. O ventre da escuridão, sem fazer barulho, a segue. A morte não lança sombra.

Também retornará, mudada, a cena do clube de pôquer.

Desta vez, minha mãe me arrasta para o Café Tamanaco, na esquina da Santa Fé com a Azcuénaga, como testemunha da reconciliação.

Já faz um ano que Papai não mora em casa.

Um ano paupérrimo, no qual quase não o vemos. Ele se lembra muito pouco da minha irmã menor e de mim: mal nos leva ao Ital Park em algum domingo, e é horrível – nenhuma de nós duas sabe o que fazer ou dizer.

Minha mãe me dá instruções precisas para a reunião.

Não tire os ouvidos dele. Você precisa gravar bem na cabeça as promessas do *teupai*, elas virão.

Não me inclua em seus planos, eu deveria ter dito.

Não sei por que Papai permite isso.

Por que descobri tarde que obedecer *não* é uma virtude.

Eu me esforço para olhá-los como se não entendesse.

Teimo em uma redação de tema livre.

Gostaria de escrever um texto que contivesse uma árvore, um pássaro em bom estado, uma tarde que declina, uma careta de linguagem bem grandona.

Isso era morrer?

Era isso.

Minha mãe mexe as mãos. São as mãos mais solitárias do mundo. Ela as mexe sobre a mesa escabrosa, dividindo o mundo em objetos propícios e nocivos.

Você parecia mergulhada em pensamentos, os maiores que o pensamento pode pensar. Como se estivesse esperando pela chegada atrasada da sua felicidade.

É dia.

Ouve-se o murmúrio de uma chuva.

Não sei o que esperam de mim, o que eu poderia lhes dar nessa situação.

Tenho treze anos, me comporto bem, faço minhas lições sem reclamar e estudo de cor o livro das Edições Paulinas que minha mãe me deu.

"Toda garota deve se manter pura para o casamento. Não deve sair à noite sem a permissão dos pais. Não deve entrar no carro de um rapaz sozinha. Não deve usar roupas apertadas ou provocantes. Não basta ser boa, é preciso parecer."

Resumindo, não sei quem sou.

Também não sei do que preciso, se pudesse precisar de alguma coisa.

Eles falam e eu avanço, transtornada a hora, entre essa luz e nenhuma, pela avenida de algum medo, repetindo palavras desconexas, com más intenções: *milkibar, tapioca, cacareco, cartolina, simulcop.*

Vilma, abre a porta para mim!

Até que finalmente me ocorre.

Abaixo as persianas dentro de mim novamente!

Que eles se calem, que me deixem em paz de uma vez por todas.

Sinto que uma dor de cabeça vai começar.

É minha maneira de evitar, por enquanto, o câncer das coisas.

Esse refúgio é a antessala da poesia.

A poesia, entenderei depois, não se interessa por temas ou personagens. Não conta histórias. Não inventa mundos. No barulho de hoje, faz ouvir um silêncio.

Ensina a perguntar (e a se perder).

Substitui o que não existe pela alegria, talvez incongruente, de tentar nomeá-lo.

Não faça essa cara.

Não aguento mais você.

Você vai para o colégio interno das freiras de La Annunziata.

Meus pais continuam falando.

Deixa eles.

Eu olho os pássaros que demoram, a árvore sem raízes, o declínio da tarde que ainda não aconteceu.

Depois permaneço propensa, nem sempre em oposição aos meus modos.

Essa afirmação foi feita pela filósofa María Zambrano: escrever é defender o silêncio em que se está.

(Todo gesto de Deus é silencioso e por isso está escrito, ensinava um sábio.)

Em outras palavras, o silêncio é a defesa do texto, sua salvaguarda, sua maneira de calar, por um instante, a obviedade do mundo, de encontrar *uma moeda de inquietude* onde ressoe, como um *saber da alma*, aquilo que somos, em todo o seu esplendor e mistério.

A reconciliação trouxe mudanças: fomos morar em um apartamento enorme, a poucos metros da curva de Arroyo.

Uma elegância sóbria, propensa a ocasiões.

De repente, há amigos de sobrenome composto, bem-vestidos, que vão à missa no Socorro e depois se encontram para perder tempo no bar da esquina.

Sobra uniforme, sobrenome, escola particular, diz minha mãe, mas não valem nada, são uns vagabundos.

Também há festas de gala, cadetes da Escola Naval, partidas de polo, verões na Playa Grande.

E até um carro, com o qual você me ensina a dirigir.

(E quem te ensinou? Eu havia esquecido que, já na casa da infância, você dirigia um Volkswagen.)

Mas o mar de fundo é o mesmo: a mesma orgia de pureza na qual você nos prende, a mesma confusão de quem é quem.

Descanso?

Nunca, nem aos domingos.

Nem mesmo no Dia da Primavera, quando meus colegas vão para piqueniques no Rosedal ou no parque Pereyra Iraola.

Devo a você essa destreza, Mãe: saber dizer *não* às distrações. Estou me referindo às festas, aos lançamentos de livros, aos bailes de carnaval, aos churrascos, aos aniversários e outros incômodos sociais.

A única coisa que sempre quis foi ser o foco exclusivo da sua atenção (e assim disfarçar sua deserção massiva do meu corpo).

Hoje é domingo.

Está chovendo.

Em breve, certamente, o telefone vai tocar.

Por que o mundo não me deixa em paz?

Giovanni Battista Meneghini contou isso com riqueza de detalhes em seu livro *Minha mulher, Maria Callas*.

Ao que parece, o menor desentendimento com sua mãe, mesmo por telefone, fazia a soprano adoecer.

Ela havia roubado sua infância, dizia, forçando-a a treinar como um cachorro. Dia e noite, noite e dia, sem parar.

A voz, o ritmo, a postura.

A mãe argumentava:

A paixão precária dos corpos? O gozo da carne? Acostume-se com o deserto! Não há razão mais suprema do que o prestígio!

A menina deve ter pensado:

Com sua exigência, minha mãe põe em evidência a deficiência do mundo, devolvendo-a como matéria opaca. E assim me ensina a fazer as pazes com uma plenitude inviável.

A ganhar minha própria perda.

Sim, irei até o fim.

Serei capaz de testemunhar que toda imolação produz seus frutos.

Além disso, pior seria estar sozinha.

Mesmo autoritária e fria, melhor uma mãe do que nenhuma.

Que estratégia tortuosa é a submissão!

Permite entender o não entender.

Adentrar, triunfantemente, na escuridão.

A luz é o primeiro animal visível do invisível, escreveu Lezama Lima.

Desejoso é aquele que foge de sua mãe.

Em 1949, já famosa nos teatros líricos da Europa, os jornais de Nova York a chamaram de "filha desalmada".

(A mãe havia reclamado na mídia, porque ela não lhe enviava dinheiro.)

A diva não se abalou:

"Se não tem dinheiro, que vá trabalhar. Se não quer trabalhar, por mim pode se jogar pela janela."

A virulência é a luxúria do dócil.

A casa elegante nunca se transformou em lar.

Eu ponderava seriamente, no meu canto, sem perguntar como é viver, muito menos como é viver faltando coisas.

Como tomada por uma expectativa de não sei o quê, sem nenhum mapa, nenhuma expedição aos assombros.

Que jeito de morrer sem perceber.

Até que acontecem umas tardes, gramática álgida.

É para eu trocar de roupa, você grita.

Para lavar o rosto, tirar a maquiagem, continuar sendo virgem, sem cair em nojeiras, com essa aparência, como animal no cio, você parece uma prostituta.

Responder alguma coisa.

Continuam os insultos assustadores.

A hostilidade demente.

A maldade em carne e osso.

Esta é a minha casa e quem manda sou eu. Se não gosta, vai embora.

(Não tinha me ocorrido.)

Assim, eu circulava pela *tua* casa, sem nenhum centro de gravidade, como uma refugiada.

Algo mudou e não sei o que é.

Você já não ataca de maneira bonita. Não está lá no alto. Você entra muito mais dentro. Escandalosa, desconfiada como nunca, com o pulso alerta, o grito nas alturas.

Dormir na casa de uma amiga?

Nem pensar.

Porque não.

Não conheço os pais, não gosto dessa garota, ela tem irmãos.

Não fale alto comigo.

Não seja atrevida.

Hein?

O que você disse?

Era o que faltava.

Quando o *teupai* voltar, você vai ver.

É assim.

Com você, nunca se ganha.

Fico respeitosa, e nada.

Fico insolente, e nada também.

Parece o jogo da cabra-cega.

Nenhuma argumentação.

Tudo sem remédio.

Um dia, encontrei a frase de Mallarmé: "A destruição foi minha Beatriz."

Caramba!

Não perdi um segundo.

Incentivei-me nos modos de atacar: até o fim, não me paravam. Até o esgotamento em cada briga.

Houve guerra, e bem dura.

Ofensivas, ataques-surpresa.

Plenipotências do desejo.

Comecei a despertar. Conheci-me de menos longe.

Disse:

Era uma vez *Ninguém*. *Ninguém* reagiu. Enfrentou inspirações. O universo não devia estar longe.

Então, soube que eu também carregava, como Emil Sinclair, a marca de Caim na testa.

A isso chamei de estar em acessos, tão pronta dentro de mim, tão disposta a me tornar dona do meu *sim*.

O único consolo na casa elegante: a biblioteca.

A sagração da primavera, Dom Quixote, Madame Bovary, Désirée, As chaves do reino, O diário de Anne Frank, O cardeal, Dr. Jivago, Os irmãos Karamázov, Notre-Dame de Paris.

Um catálogo amplo, por assim dizer, embora não patriótico.

Mais tarde, haverá também uma edição de luxo, assinada por Borges, de *Travels of Marco Polo*. Foi o prêmio que recebi ao terminar a Cultural Inglesa. Também me deram uma bolsa para estudar em Londres.

Manjares e desilusão.

Será que isso realmente pode estar acontecendo?

Não houve pausas, apenas incisões de um ódio.

Ir a Londres significava perder a viagem de formatura.

Minha mãe subiu nas tamancas.

Quando na vida você terá outra oportunidade assim? Quem já pensou em preferir Bariloche a Londres?

Vejo a desordem em seu rosto. É um deserto, o meu, que começou a se encher de rancores antigos.

Sai a realidade.

Fiquei doente com uma febre altíssima. Na cerimônia de entrega dos prêmios, ela foi em meu lugar e recebeu o livro que Borges entregou a ela. Esse livro sempre esteve em *sua* casa.

Poucos dias depois, viajei para Londres.

Estive na Europa mil vezes.

Não conheço Bariloche.

Alvíssaras.

Os anos 60 chegam ao fim e tudo ainda está para começar.

Eu também estava maleável, fazendo barulho.

Nada com que se acostume em casas como a minha.

Meu quarto começou a se encher de objetos estranhos.

O mito de Sísifo. Demian. A náusea. O castelo. Assim falou Zaratustra.

E, acima de tudo, *A condição humana*, esse grande afresco da revolução em gestação, que a literatura premonitoriamente compreende (eu não) em toda sua complexidade de sonho, peste, pesadelo.

A fome é descomunal.

Parece comigo.

Tornou-se vírus, doença eruptiva.

Minha mãe diz:

Essa garota não come bem.

Estão fazendo lavagem cerebral nela na faculdade.

Pouco importa.

Os alimentos são outros.

A barricada fecha a rua, mas abre o caminho.

A imaginação no poder.

A borboleta popular.

Poderia dizer-se que estou apaixonada por viver: sou guiada pelas guerras de libertação, Lumumba, Paulo Freire, os shows de rock, os filmes de Godard.

Quantas letras são necessárias para dizer *não*?

Ainda não sei que escrever é um verbo intransitivo.

Uma borda, um viés, um coxear.

Não insisto na língua contra a língua, não conheço os riscos da cela de reclusão.

A escrita é esse *blockhaus*.

Não conheço a frase de Thomas Mann:

"Meus instrumentos de trabalho são a humilhação e a angústia."

Não concebo o erro como um aliado.

Mas já me atraem as cenas filtradas pela dúvida, as coisas que alucinam com a diferença.

Gosto dos gestos de ataque, a demolição de patentes e escalões, no mundo da arte, também.

Será que é próprio da literatura pulverizar o mundo?

Eu me pergunto isso.

Algum dia adentrarei esses caminhos em direção à grande tarefa da dissidência. Por enquanto, não. Tenho coisas a descobrir:

a anomalia do amor, as sombras da noite mental e, em geral, o frenesi e o desconcerto de existir.

Que maravilha passar a vida se preparando para o grande salto.

De repente, na casa elegante, não se almoça mais em paz.

Estou na idade de ser jovem: comecei a germinar.

Germinar quer dizer se tornar contestadora.

Dizer barbaridades.

Anunciar, por exemplo, que vou me deitar com meu namorado.

Coisas assim.

Minha mãe diz: Os homens não respeitam *essas* mulheres, não lhes dão o sobrenome.

Papai concorda.

Minha mãe acrescenta: *Teupai* sempre me respeitou. Quando estávamos namorando, ele me deixava em casa e depois ia para o cabaré. Soube disso pela empregada, que uma vez o viu.

É verdade, diz Papai, eu ia para o Edelweiss.

Não dá pra entender.

O que é que não dá pra entender?

Que a filha não gosta de direito.

Mas gosta de ocupações, assembleias, mobilizações, colegas do agrupamento.

Pula de alegria porque reprovou em civil e é a primeira reprovação de sua vida.

Sucundum sucundum[*].

---

[*] Referência à canção "Tiritando", composta por Nono Pugliese e interpretada por Donald (Donald McCluskey). [N. do E.]

Como quem diz:

Fuzil na boca.

A mãe que me pariu.

Nunca mais vou usar vestidos da boutique Marilú.

O estopim é Trelew.

Em 22 de agosto de 1972, a ditadura do general Lanusse ordena o fuzilamento de dezesseis membros de diversas organizações armadas, peronistas e de esquerda.

Tentativa de fuga na prisão de Rawson, diz a televisão.

Milicos assassinos, digo eu.

Alguma coisa devem ter feito, dizem meus pais.

A tensão aumenta.

Lá fora há barulho.

Ouvem-se bumbos de uma unidade básica.

Ou será a marcha de um desfile militar?

Quem sabe.

Uma sombra de pátria avança.

Preparam-se prisões.

Meus pais, que discordavam em tudo, exceto na política, fazem uma frente unida, optam por se defender: trancam o telefone, me confinam no quarto de serviço e outras delícias que prefiro omitir.

Você deve estar satisfeita, diz minha mãe, *conseguiu o que queria, estragar minha vida.*

Visto de hoje, imagino que se perguntariam como eu, a porta-bandeira em *todas* as escolas, a coroada de louros, a titular vitalícia das listas de honra, poderia me transformar *nesse* monstro.

Eu também não entendo bem.

Estou doente de fúria, de impotência, de felicidade.

Um dia eu me levanto sem fazer barulho, arrumo uma mochila e vou embora.

Não consegui, não quis evitar.

Não dá para dormir sobre um vulcão.

Parti sem saber o lado que queria, nem exatamente para onde ia.

Estava procurando, na verdade, ser filha para sempre?

Superior aos outros por causa do desterro?

Aperto os dentes.

O ódio é o que parece: um amor ferido.

Ignoro que, a partir de agora, algo estará muito tapado, bem no fundo, do qual certamente minhas neuroses e meu corpo saberão, mas eu não.

Fui embora sem perceber.

Bati a porta e fundei a liberdade nessa tragédia.

Ignorava também que fugir de você seria, como no caso de Rimbaud, um estratagema amoroso, uma forma complexa de voltar, uma rotação eterna ao redor do lugar onde você está, e estará sempre, um desquerer-me muito, anterior à linguagem.

No meu coração, não há limites para o amor.

Para o ódio também não.

Tenho dezoito anos.

Nunca voltei.

Outra leitura é possível:

Digamos que você foi a pior das melhores coisas que me aconteceram.

Não percebi o mais óbvio: fui eu, tua filha sublevada, a mais incorrigível, a que amou sem trégua tua exigência.

Aquela que teve uma fome insaciável e se aferrou à língua umbilical e devorou inteira a Aranha Materna.

Louise Bourgeois: *Mother – Death – Water – In these Moons*.

Aquela que se amarrou aos teus abusos para criar a própria cena doente, e assim permaneceu, sem trégua, sem se informar de nada, como uma escritora, não da viagem mas do aprisionamento.

Não seria inverossímil.

A isso se dá o nome de *saber dos cantos*.

A juventude é uma zona de catástrofes. Pura desordem. Afetos altivos e inatos. Uma vontade de tudo. Certa incapacidade do coração, tomando posse. […] Tinham vivido isso em outro lugar. Quando o futuro era excessivo, o passado inocente, tanto que parecia múltiplo.

Curioso: só ao escrever *Islandia* consegui tocar algumas feridas, ao mesmo tempo que escondia, no rodeio do poema, o sentido da perdição, da mais completa desventura.

O desafio era enorme.

O descaramento, nem se fala.

A Islândia fazia parte, nada menos, do repertório de Borges.

A Islândia dele era um amanhecer, um muro suspenso. Um desvio heterodoxo para repensar a tradição argentina.

Sonhara-a por muito tempo "... desde aquela manhã em que meu pai/ deu ao menino que fui e que não morreu/ uma versão da *Völsunga Saga*".

Depois, ele a transformou em artimanha.

Fez dela o exemplo de um deserto, sem camelos!

Um território indisciplinado, onde guardar a intimidade.

Eu me deixei magnetizar.

Vi um punhado de homens brigões que não queriam se submeter. Barcos negros galopando em direção a um caminho no oceano. Vi o fantasma de Haroldo, o da Linda Cabeleira, perseguindo-os. Brunilda e Olrun e Sigrlinn, damas da luta ou valquírias. Odin, o Triste, o Senhor das Hordas, o Estrategista dos Poetas, agarrado a dois corvos. E também gaivotas, e um vento tempestuoso e gelado, e velas quadradas e chuva em um universo órfão.

Não foi preciso mais nada.

Islândia, Última Thule.

Lá será escrita a história da Noruega.

Serão escritas rapsódias, sagas, louvores, encantamentos e poemas genealógicos.

A rebeldia é fértil.

Meu livro não ficou isento de obstáculos.

Uma editora hispânica dos Estados Unidos o rejeitou.

O editor, que com certeza não havia lido "O escritor argentino e a tradição", enviou uma carta:

"Lamentamos não poder aceitar o seu manuscrito; não pode ser qualificado como literatura latino-americana."

Literal.

Guardei essa carta como documento.

Fui embora.

Digamos: construí a clareza de uma ideia, com sangue-frio maior.

Nenhuma precaução, nenhum prefácio.

Resguardava, quem sabe, o meu talvez.

Minha própria lenda dourada, entre a sala de primeiros socorros e a unidade de terapia intensiva.

E, talvez também, o que não aconteceu nos futuros.

Será que uma esperança ou uma confusão me empurravam?

Essa esperança vinha de morrer ou de nascer?

Sei lá.

Talvez eu tenha ligado alguma vez.

Eu dizia: Alô, Mãe.

E você: Quem está falando?

Coisas assim.

Eu desentendia, é claro.

Eu me dessangrava por dentro. Majestosamente, como da vez do hospital quando era criança, a transfusão, os tampões de algodão, sangrando pelo nariz, daquela vez.

Eu me doía.

Meditava sobre tamanhos, a ferrugem do medo, a raridade de ser filha.

Eu me lancei a respirar, a explodir dentro de mim.

A colocar *meucorpo* em seu lugar.

Meu nome em consonância com minha vida: troquei.

Em minhas mãos, o brinquedo do mundo: eu e eu.

Até mesmo as explosões do meu coração.

Estilizava tudo: o sexo, o combate, a agitação, o que importava, outros fogos queimavam ao meu redor, eles não vão nos vencer.

Doa o que doer, a juventude maravilhosa abria um V.

A confiança em dar certo.

Eu disse:

O poema faz cadáveres.

Vida longa a Platão!

Ilumine! Ilumine!

Isso me bastou por anos: a ânsia de tocar o centro do vazio.

Assim foi como foi.

Assim.

Eu havia distorcido o verso de Celan.

O verso, na minha lembrança, dizia:

Fale/ mas não se separe do *Não*.

O problema é que Celan havia escrito:

"Fale –/ mas não separe o Não do Sim./ E dê ao teu dizer sentido:/ dê sombra a ele.// Negro é o sol da palavra. Cair foi apenas/ a ascensão para o profundo."

Tive que me render à evidência.

Do fundo da iniquidade e dos horrores do nazismo, um dos poetas mais lúcidos do século veio me dizer que o *Não* da revolta, ao qual eu havia me afiliado, muitas vezes é insuficiente.

É verdade que a adversidade pode instigar a coragem.

Mas, talvez, esse pouco de realidade que somos se cumpre, de maneira mais plena, na palavra que se deixa embeber pelos contrários, da mesma forma que o poema encontra sua união com o vazio no final da frase com a qual tenta, inutilmente, agarrá-lo.

"Você acertará ao dizer sim e acertará ao dizer não", escreveu o místico murciano Ibn-Arabi em *Os engastes da sabedoria*.

Todo livro deve arder, ficar queimado.

Esse é o prêmio.

Assim foi como foi.

Uma cambalhota no ar e aqui estou eu, caindo na noite branca infinita da desgraça.

Por favor, não confunda. Não é que não houvesse festa. Houve.

E também atos-relâmpago, coquetéis molotov e desmandos, embora não muito carnais, pelo menos não no meu caso.

Uma militante não é uma puta nem quer ser.

E foi um vaivém, aberto à clarividência, que mostrou o caminho.

Um barco se dirigia ao céu.

Com um carregamento insólito: a raça dos filhos.

Como quem faz um nó entre os corpos, a história e a ganância, queríamos pensar e ser conscientes de pensar.

Bem.

Durou muito pouco.

O desacato da classe trabalhadora, as blusas da manifestação.

Fomos surpreendidos pelo vigor do cataclismo.

Alguém perguntou:

O que é isso? A casa de Hades? O fim dos coros proletários? Por que tudo desmoronou tão rápido? Está certo?

Carthago delenda est.

Colocamos a culpa na vida. No barulho dessa quinta-coluna que sempre espreita e sustenta os acontecimentos.

Mas a vida, que culpa ela tem?

A verdade é que, assim que deixei a casa elegante, conheci coisas desfavoráveis, naufrágios da pior humanidade.

E, ainda por cima, enterro os livros.

Bem enterrados, porque agora o urgente é mudar o mundo, e para isso, Emma Goldman, é necessário ser um quadro político, resolver as contradições no campo popular, fugir a tempo da polícia. Nada de dançar nem de pensar em versos luxuriosos!

Coloquei tudo isso e mais na boca de um personagem de *La Anunciación*:

Não é qualquer um que nasce em um momento como este, quando a humanidade está em crise, a crise exige compromisso, e o compromisso salva de um destino cinza.

Posso inventar um mundo.

Um mundo de opções fantásticas e fatais: meu mundo.

Posso participar da realidade como sujeito (não como objeto), transformando-me em um agente de luta contra o veneno do poder.

Não me interessa o homem como ele é, mas sim como deve ser.

O termo "aceitar" me repugna.

Meu plano é me tornar essa coisa íntegra, reta, indestrutível: o revolucionário, o ponto mais alto da espécie humana.

Como disse Camus: O que é um homem rebelde? Um homem que diz não.

Se for necessário, me matarei para afirmar minha insubordinação, minha nova e terrível liberdade.

A Organização me absorve completamente, me pede tudo, mas também me dá tudo.

Exige de mim, em todas as circunstâncias, que minhas ações informem meus pensamentos, que minhas palavras moldem a realidade, que eu seja coerente com meus valores, que me envolva na luta de maneira irreversível.

Em uma palavra, que eu pense como um herói.

Ela me promete que as coisas serão, nesse caso, mais claras, mais simples, mais limpas – e é verdade!

Faremos um homem novo, um casal novo, uma solidão nova, uma morte nova.

Que bom lugar para viver, suspenso entre mundos!

Que felicidade, quando os ricos, a metralha dos conservadores*, a burocracia negociadora acabarem!
Que bom que o futuro está tão próximo!

Escrevi:

Uma coruja na máquina de escrever.
O vento sopra nas saias de seda.
All work and no play make Jack a dull boy.

Depois, pensei:
Não gosto deste ofício.
E se mudasse de orientação e de planos?
E se organizasse uma manifestação pela liberdade dos pássaros?
E se devolvesse a eles o direito de morrer sobre o vento?
Qualquer reclamação é política.
Qualquer tristeza, até mesmo a sem razão aparente.

Foram *isso* as comemorações da juventude?
Confrontos cegos com nós mesmos?
Abstinências do coração para saber o que éramos?
Ninguém sabia que matariam todos nós, com ou sem *habeas corpus*, que não tivemos prática para o nada útil, mas sim para abrir com estouros grandes ideias.

---

*   No original, "gorilas", termo usado na Argentina para definir os movimentos antiperonistas, em especial do partido Radical. [N. do E.]

Que nos alinhamos, com pulseiras e grandes bandeiras pretas, em direção à Derrota.

Que tínhamos medo das palavras, das dúvidas, de ambas.

Olhando de hoje, que é o depois em seu sempre, o significado de uma coisa houve:

Nem sempre *isso é isso*.

Quero dizer, me reeduquei, me tornei tolerante.

Aprendi a ter acordos *parciais* com *todas* as opiniões.

Um verdadeiro progresso.

Uma autêntica *felicidade livre de euforia*.

Preciso falar com palavras tortas, escrever porque sim, no inverno do frio, até dar com as proposições certas.

Os todos caíram, por exemplo.

Não terão futuro, nem com as voltas que o mundo dá. Nada os tornará existíveis ou soprará suas notas a tempo.

Nenhuma lasca de escuridão.

Menos ainda se esclarecerá o momento de seu medo.

Nunca mais poderão se curar daquele sonho, nem quando ficar para trás o extensor de tudo.

Pois bem.

A travessia total é urgente, sem pressa.

Saúde, menininha!

Perguntaram a Guimarães Rosa:

O senhor sabe o que é o silêncio?

É a gente mesmo, demais, respondeu.

A palavra sempre nasce de um desejo de mutismo, odeia as normas, escreve frases que são latidos e também preces.

Quanto a mim, sempre busquei me desmarcar.

Escrevi poemas que são prosas, ensaios que não acreditam em nada, biografias apócrifas e até dois aleijões de romances que proliferam para dentro como uma fuga musical.

A mudança de estilo é um traço da obsessão.

Também montei pequenos teatros, caixinhas com lembranças e adivinhações para pequenos príncipes, porque a poesia é a continuação da infância por outros meios, e a miniatura um objeto transportável, ideal para seres nômades.

Claro, eu só fiz girar em torno de uma única paisagem.

Este livro é a prova.

Agora mesmo ele está abraçando um corpo que não vê.

Não vejo minha mãe durante esses anos.

Ela não sabe onde moro. Não pode me visitar. Não pode me chamar de volta. Ela conhece minha filha, sua primeira neta, no Hospital Italiano.

Depois se despede dela, sabendo que não a verá novamente, sabe-se lá por quanto tempo.

Me perdoe.

Seu corpo tremia ao partir, a ferida de meu afastamento se abria.

Poucos meses depois, ligo para avisar que a bebê está internada com pneumonia.

Ela vem, ajuda, fica no meu lugar para que eu possa dormir.

A enfermeira me informa isso achando graça.

Ela assegura que você trouxe um padre e a batizou.

É preciso muita audácia.

É preciso, também, ter um sentido nulo de limites.

Mas, desta vez, eu me contenho.

Estou muito assustada, pela bebê e pelo que está acontecendo lá fora, com tantos companheiros mortos, tanto armamento apreendido, tanta desinformação.

Além disso, assim que sairmos do hospital, deixarei de te ver.

Eu olho para você e penso:

Uma mulher batalhadora.

Ninguém nunca lhe ensinou que coisa externa é um outro?

Penso também:

Não foi culpa minha se você me sufocava.

Sei lá.

O ar ficou muito denso.

A viagem excessiva da vida. As viagens excessivas da viagem. Sempre acabar longe, na nebulosidade de um além que falta.

Quando a internação acabou, minha mãe ficou esquecida.

É uma forma de dizer.

Agora ela estava sombria, incurável.

Andava como uma rainha, na ponta dos pés, sobre meu peito.

Disparando sozinha seu fuzil por dentro.

Você choraria muito em um canto, tenho certeza.

Tantas lágrimas derramadas, como não sei e sei, sim.

As palavras *pendenga, energúmena, esclarecido, fula, atrevida, vagabundo, biscate.*

As expressões *Não vem que não tem, Cavuca.*

Tudo é traduzível, menos a linguagem.

A verdade é que me substituíram.

Assim que saí da casa elegante, compraram um cachorro salsicha horrível que não parava de latir.

Isso não é verdade, diz a irmã mais nova, o cachorro era lindo.

Minha mãe começou a estudar.

Ela frequentou a escola à noite e se formou com medalha de honra.

Há uma foto que a mostra com cabelo branco, não como escolta, não como segunda rainha, mas sim como a Porta-bandeira das Porta-bandeiras, na cerimônia de formatura.

Mais uma vez, ela está com um vestido de bolinhas. E tem aqueles olhos, quando doces.

Depois conseguiu um cargo de secretária em uma escola secundária, obteve a *cittadinanza* italiana para a família toda, nuclear e estendida, e concluiu o curso de literatura na Dante Alighieri.

Chapeau!

Que alívio na casa.

Não ter que lidar com a filha exaustiva, ingrata, subversiva.

Farol que estás nos céus.

Eu fui a luz dos teus olhos, a destinatária da tua devoção sem limites, teu resguardo a longo prazo.

E agora era afastada como uma ovelha desgarrada.

Não perca tempo, senhora, tinha lhe dito a diretora da escola de dança, essa menina não tem talento para o balé.

Não a atormente.

Não a tranque no banheiro.

Que culpa ela tem por não saber dançar?

Meu filho mais novo te admirava. Dizia:

Ninguém é mais corajosa do que a avó. Ela não tem medo de nada.

Ele tinha razão.

Quem tinha medo era eu.

Como esses pássaros que nunca alcançam o palácio do Simurg na história de Farid Al-Din Attar, eu estava adoentada, não conseguia amanhecer a febre das coisas.

Grande impedimento: uma memória escassa.

Sobretudo, se ela se impregna de se assustar muito, de não ter gosto em desejar.

Mas nem tudo está perdido.

Trinta aves ainda voam.

Enfrentam a gnose, o amor, a unidade, o desapego, a perplexidade, a pobreza espiritual e a aniquilação.

Procuram o pássaro que levam dentro.

Glória Àquele que não morre.

Não há mais deus do que Deus.

La 'Ilhãha 'Illã Allãh.

Ela escreveu:

Carta a uma dor muito querida,

Com o tempo aprendo a dizer suavemente teu nome, enquanto meu coração permanece aberto ao milagre. Prendo a respiração, ouço o girar da chave, teus passos que chegam e uma torrente de vital alegria me inunda novamente. Você aproxima a cabeça da minha, eu acaricio teu cabelo. Que importa se meus sonhos me enganam. Se um dia você tropeçar nessas linhas que nunca vou te enviar, não veja

nelas reproche algum. Elas são apenas a expressão do amor que não soube te transmitir sua
Mamushka

Atravesso os anos de chumbo como um cão espancado.

Oscilo entre o medo e a astúcia, entre a tensão e o espanto do beco sem saída.

Chuto, protesto, suprimo coisas e chuto de novo.

Sempre soube suprimir coisas, pessoas, lugares.

Aprendi isso daquela vez durante a sesta, quando você chorava e eu abaixava as persianas.

Pratiquei ao bater a porta da casa elegante, quando mudei de nome, de amigos, de endereço legal e ilegal.

Me aperfeiçoo cada vez mais.

Me blindo, tornando-me inexpugnável.

Me amarro às ideias, que, como se sabe, funcionam como cerca.

Tudo calado e costurado em dias bloqueados.

Um comprimido para o pior desânimo.

Muito-bem-dez-parabéns.

A militância ajudou.

Era necessário com-par-ti-men-ta-li-zar, inventar desculpas para justificar a presença em qualquer lugar, chamando-os de "minutos".

Éramos enganadores profissionais, mestres na simulação.

Uma sobrevivente do Garage Olimpo me disse isso.

Tudo é incisivo no meu mundo. Tudo constrói um regime de muros.

Um amante confirmou isso anos depois.

Com você é bom se autoejetar, disse.

Antes da data de validade, como os remédios e os alimentos.

Não estou dizendo que não.

Também sei ocultar informações.

Nunca revelo, por exemplo, que acabei me formando em direito. Que, no pior momento da ditadura, morta de medo, sem casa, sem documentos e com uma filha pequena no colo, fui ver meu pai no escritório, pedi ajuda e comecei a trabalhar com ele.

Perder-se, escreveu Clarice Lispector, é um achar-se perigoso.

Ainda não conheço essa escritora.

Ela entrará na minha vida depois (quase uma década depois) quando já não moro em um bairro da periferia, não trabalho na fábrica de seringas, tenho inexplicavelmente trinta anos e acabaram os sequestros, os operativos, os encontros marcados, os Falcons verdes*.

Em uma palavra: quando a noite branca da desgraça acabar e eu estiver renovada e como nova, pronta para ressuscitar.

Uma vida dura exige uma linguagem dura, e isso é a poesia, pensei.

Esse pensamento bastou.

As palavras começaram a chegar como adagas.

Nomeei meu primeiro livro de poemas *de tanto desolar*.

---

* O Ford Falcon é o modelo de carro que ficou conhecido por ser usado pela ditadura argentina em sequestros a opositores do regime. [N. do E.]

O homem com quem eu moro – que então chamava de meu companheiro – me anunciou de repente: ofereceram-lhe uma bolsa para fazer um doutorado em Nova York.

Às tantas, pensei, há vantagens.

Eu me vi arando em um terreno alheio, sem grandes hábitos de amor, mas, pelo menos, não completamente aos pedaços, não completamente indigente.

Eu me vi deixando para trás os rituais familiares, o futebol, os raviólis de domingo, as piadas vulgares e machistas, o jogo mentiroso da Lei, os grupos literários com seus deuses, seus vastos e miseráveis reinos.

Que bênção.

E uma fé arrasou comigo.

A perspectiva de *não* ser exatamente quem eu era.

Eu repetia como uma tola: Buenos Aires parece tão suscetível.

Além disso, tinha você, Mãe.

Uma oportunidade assim não surge todos os dias.

Finalmente, um mundo que fosse *minha* Vontade e Representação.

Eu me fundaria de novo.

Olhe como estou suave!

Eu esqueceria o passado ou inventaria outro, tanto faz, porque para onde estou indo ninguém me conhece, e estou com uma sede atroz.

"Arremeta, viajante!", havia escrito Alejandra Pizarnik, e eu gritava que sim, que haver há, que outros desejos súbitos ainda podiam nascer.

Qualquer opção já parecia um pouco de saúde.

Eu disse:

Vamos embora já!

Viverei uma segunda infância em Nova York.

Não me perderei mais no pretérito.

Como um barco na noite e a aurora abrindo caminho.

Um livro é um cemitério belo.

Também é uma máquina de pensar, um dispositivo que encarna o espírito mais alto da contradição.

Demorei para saber disso.

Assim como demorei para saber que a distância é outro nome para o medo, e a desconexão um atalho para acalmá-lo.

Vi a oportunidade de partir e não pensei, não calculei.

A ilha vertical me acolheria.

Não me enganei.

Suas torres foram um conforto para mim.

Seus terrenos abandonados, refinamentos frios, catástrofes de luz.

Falo da cidade que Jim Jarmusch fotografou nos anos 80: suja, com grandes espaços vazios (como os de Lorenzo García Vega em *No mueras sin laberinto*), metrôs com pichações, ratos, mendigos, doentes de aids.

Essa putrefação.

Esse catálogo luxuoso do Terceiro Mundo.

Eu a percorria como uma enlouquecida.

Sem demoras nenhumas.

Tudo era, ao mesmo tempo, horrendo e lindíssimo: a escória e os museus, o frio e o lixo, as misturas raciais e linguísticas, o vício e a pobreza, as miragens do luxo, o reconhecível e o que não o é.

Ciudad Gótica foi a tentativa de registrar alguns desses rostos.

De afirmar a existência de um lugar que nunca verifiquei totalmente, mas do qual conheci, em compensação, todas as nuances do medo de perdê-lo.

Uma vez sonhei que não era eu quem viajava.

– *Sai da frente que a cidade tá vindo aí* – gritavam para mim.

E depois eu já não soube.

Quando o desamparo é muito grande, abre a imaginação como um bisturi.

Vi passar um quadro de ruas, com seu perfil de ameias e lume, como se fosse um rio ou uma noiva clara.

A ensaísta polonesa Eva Hoffman está certa:

A perda é uma varinha mágica.

As coisas se apagam, se anulam, se suprimem, e em seguida são reinventadas, fetichizadas, escritas.

Depois a noite chegava e a noite engolia tudo: as pontes sobre o rio, os arranha-céus, os seres sem fé, a música do coração e o coração do tempo.

Sobravam apenas pequenos momentos festivos, sobrevivências breves, algum amuleto imprevisto.

Era esse o centro do Império.

Um *sensorium*.

Um mirante para absorver o mundo e, acima de tudo, as infinitas representações do mundo.

Assim foram meus primeiros anos lá.

Eu os vivi com pressa, como uma imigrante indocumentada da cultura, disposta a fagocitar tudo, o vento, as estrelas e o verdadeiro clima, por dentro e por fora.

Em uma palavra, essa realidade irreal que fervilhava nas ruas e que nenhuma obra de arte, por mais vanguardista que fosse, conseguia traduzir.

Muito rapidamente, me movi com destreza, enchi a visão de trevas, deixei-me alucinar.

E assim consegui minha grande façanha.

Um gigantesco distanciamento me separou dos outros e acabei anulando qualquer vestígio de pertencimento.

Quero dizer: esqueci completamente

do banheiro

das fantasias eróticas

da casa familiar

da faculdade de direito

das manifestações pela libertação

do país ensanguentado.

Também me esqueci do amor.

Tornei-me um pássaro eremita.

Um ramo inflexível.

Um arauto do quê.

Olhei em volta desconcertada.

Não sabia quem eu era, e não importava.

Uma sensatez escura me sustentou, um desejo de dar pé no incompreensível.

Repetia inesquecivelmente:

Como é bom não ter antiguidade.

É verdade que pássaro machucado canta melhor?

A isso chamei de o cadáver esquisito da minha vida.

Os livros são o rastro onde vibra, por vezes, aquilo que nunca poderei ter.

Naquela época, não havia e-mails.

Não era necessário, Mãe, você sempre escrevia.

Como no filme *News from Home*, de Chantal Akerman, suas cartas repicavam – dissonantes – contra meus próprios *travellings* da cidade.

Com aquela paciência, aquele ritmo batendo no meu sobressalto.

Também inchavam a prosa, traziam notícias, desvalimentos que eu preferia não saber.

Estou de pé em frente à caixa de correio do apartamento 6C, no 419 West 115th Street, em Manhattan.

Retiro a correspondência, separo a publicidade e reconheço tua letra no envelope aéreo.

Mulher assim de ser.

Quantas batalhas faltam no livro do Livro?

Guardo o envelope na bolsa.

É melhor esperar.

Atrasar o surgimento do medo.

Não vá exagerar nas doses, entorpecendo o avanço da própria vida.

Tem de tudo em tuas cartas, Mãe.

Queixas, insídias, cizânias, uma infinidade de advertências e receitas contra a osteoporose, por via intravenosa, subcutânea, intramuscular.

E logo depois, mais insídias, cizânias, e mais receitas contra a osteoporose, desta vez por via oral, em drágeas, comprimidos, cápsulas.

Uma coisa se segue a outra, sem ordem alguma, como no monólogo de Molly Bloom.

São dardos errantes, que avançam cambaleantes, como busca-pés.

E depois se enfurecem, conforme o como.

Minha mãe tem uma forma de expressar sua opinião.

Formula perguntas simples sobre o marido.

Ele te ama? Ele é bom contigo? Ele cuida das crianças? Ele ajuda em casa?

Depois, sem transição, muda de assunto.

Não saíram resenhas do teu livro, nenhum suplemento publicou nada, eu verifiquei bem.

E, imediatamente, passa a elogiar a irmã mais nova, que é uma mãe *tão* boa e sabe servir à mesa com distinção.

(Com certeza, ela a mortifica com meus supostos "sucessos" profissionais.)

Coisas assim.

Um dia, chegou um míssil.

Você tinha descoberto um caso de Papai com a jovem advogada que deixei em meu lugar quando viajei para Nova York.

A carta foi magistral: culpava-o e, é claro, a mim como autora intelectual do ocorrido.

Você contava tudo nos mínimos detalhes.

Você os pegara em flagrante, em uma sexta-feira à tarde, ao aparecer no escritório sem aviso. Ele te fez entrar "com o zíper aberto" e ela, a quem você chamava de "essa preta", tinha "a juba" despenteada.

Seguiram-se incursões, sempre em segredo, para coletar ou plantar provas.

O delírio durou meses.

Houve noites em que você telefonava (deve ter gastado fortunas) e me sequestrava por horas.

Como pôde ser tão vil?, você vociferava.

Você não teve o suficiente ao me deixar com "essa víbora" na cama do *teupai*?

A morte é um raio que já veio, pensei.

Eu me recusava a acreditar em você.

A advogada jovem não era apenas minha amiga, tínhamos militado juntas, a chamávamos de A Prisioneira.

Eu já disse que nos parecíamos fisicamente?

Não sei o que fazer.

A confusão começou há muito tempo.

Quem é quem em nossa família, Mãe?

Eu sou eu, digamos, mas também sou você: a sua mantinha, a sua possessão, a sua batalha encoberta e letal com Papai.

Papai é Papai, mas também sou eu. Quando começo a escrever, ele também decide se tornar escritor, publica livros pagando a edição, pede a um crítico amigo meu que fale no lançamento.

Será que minha amiga também sou eu?

E a irmã mais nova, quem é?

Uma menina bonita, de olhos azuis e lábios sensuais.

Papai não a deixa em paz.

Ele diz o tempo todo para ela: Quem se olha muito no espelho tem pouco cérebro.

Será que ela chegou tarde ao lodaçal familiar?

Será que, quando ela chega, não tem lugar?

Desculpe.

Meu analista usava há anos uma imagem visual para contestar minha interpretação.

Pense em uma piscina, ele dizia, com raias.

Cada nadador tem a sua. Todos podem nadar, até ao mesmo tempo, sem interferir nos outros.

Você não entende, digo a ele.

O que eu não entendo?

Que só havia luz em uma raia na nossa piscina.

E essa luz era turva, ilegível, sexual.

Silêncio.

A noite cai como sempre e não sei aonde ir, muito menos abandonar a ideia de *ter que* ir a algum lugar.

O telefone toca novamente no apartamento da rua 115.

Atendo e encontro ali sua *musiquinha cacofônica*.

Seus ataques intermináveis: eu te sigo até o fim, te interpelo, no máximo, surdez seletiva.

O que fazer?

Saía dessas ligações tremendo e de mau humor.

Um dia, o marido atendeu e te freou com uma frase que você nunca perdoou: Deixe de babaquice, Isabel.

Você nunca mais insistiu.

Pequeno Museu de Cera III: Na fotografia, a boneca tem uma aparência limpa, atroz, exemplar, como se tivesse começado a morrer.

Ela começou a morrer.

Acabou de fazer seis anos. A idade em que se aprende a mentir, a repetir na escola, disfarçando a ausência: minha mãe me ama, minha mãe cuida de mim, amo minha mãe.

A escola e suas séries gramaticais de tudo que não acontece.

Felizmente, há livros que a levam de volta ao jogo.

A boneca lê cada vez mais.

E em cada palavra busca uma melodia – sempre a mesma – que, se fosse traduzível, seria algo como: *Minha mãe aperta a gola do casaco, não porque está começando a nevar, mas para que comece a nevar.*

Uma página após a outra para sair da infância, para voltar à infância, para entender que o amor falta, sempre, em todo amor.

Ela lê assim, sem ordem, sem intenção alguma.

Ninguém escolherá os livros para ela, jamais.

Para ela, a quem escolhem os vestidos de veludo, os brinquedos de corda, as coisas que deve estudar.

Se perguntassem por que lê, ela não saberia o que dizer.

Ou citaria de cor seu romance favorito:

"Naquela noite, Tom pensou, bem onde a sombra de um galho cai à meia-noite, ele e seu amigo Huck julgariam um gato acusado de assassinar um pássaro."

A fotografia permanece sobre a mesa.

Abre-te, sésamo.

Encontrei minhas cartas, as que *eu* tinha te enviado, em tua casa, em uma hora qualquer após tua morte, arquivadas por ordem cronológica, em uma caixa de papelão azul, com um rótulo que dizia Correspondência Nova York.

A isso se chama abnegação?

Ou amor que é morte é medo?

Curioso que tua carta, a do míssil, também estivesse lá.

Será que você fez uma cópia, por precaução, antes de enviá-la?

Te devolvi em alguma briga?

Nenhuma resposta eu tive.

Ai do ai.

Na caixa, encontrei também uma fita cassete com meu nome, embrulhada em papel-celofane.

Tive um pequeno ataque de pânico.

Peguei com cuidado, como um artefato explosivo, e a deixei por meses na minha mesa de cabeceira.

Quando finalmente consegui um gravador, a fita ficava travando.

Ouviam-se ecos, chiados, interferências.

E o pouco que chegava da sua voz soava arrepiante, como se viesse de além-túmulo.

Pior do que *Obras-primas do terror*.

Assim você soava, Mãe.

Desliguei.

Não estou sozinha, disse a mim mesma.

Nunca estarei sozinha, nem neste mundo, nem em outro.

Tem alguém aqui tremendo.

Tu já te acalmas com nada.

Eu me pergunto se este livro não será outra fraude.

Será que eu amei, de verdade, um lobo? Eu o reconheceria em qualquer lugar? Será que gosto de pensar que ele ainda pode me devorar?

A literatura nasce, escreveu Nabokov, quando alguém grita que o lobo está vindo e não é verdade.

Que bela história a do pastorzinho mentiroso.

Puro tormento e puro alívio.

Pizarnik em seu *Diário*:

"Eu adoro sofrer.

"Se eu sofro, ao menos não me entedio.

"Se eu sofro, minha vida ganha interesse, se enche de emoção e aventura."

Suas cartas, Mãe, nem sempre eram punhais.

Às vezes, eram simples disparates.

Você enviava recortes de jornal, sem explicar nada, como se esperasse que eu adivinhasse um enigma óptico:

Identifique o objeto. Una os pontos. Encontre os erros. Onde está o ladrão?

Eu adivinhava, claro.

Quer que eu conte a história do bom cachimbo?

Sempre nos entendemos às mil maravilhas: você circulava pelo meu corpo como outro sangue.

Um dia, encontrei no envelope uma folha de uma revista de corrida de cavalos.

Olho para ela e vejo vários homens sentados em Palermo, estudando *La Rosa*.

Um deles é Papai.

Uma seta sua, apontando para um facínora que está ao lado, diz: Ainda bem que não é este.

Isso é tudo.

Tiros indiretos, balas hábeis.

Esse é o seu estilo, Mãe: peçonha pura.

Eu tento respirar.

Seu país noturno e inimigo sempre acerta.

"Boca que beija não canta."

A sentença é de Olga Orozco.

É sério que escrever e viver são *tão* incompatíveis?

Naquela época, eu estava fazendo doutorado, indo à academia, dando aulas, cuidando das crianças, trabalhando em uma ONG, fazendo compras no supermercado e tentando ser como Baudelaire.

Eu precisava de ideias positivas.

Algo que me permitisse acreditar em uma espécie de convivência pacífica – não digo fácil – entre ocupações tão díspares.

Transformei-me em uma leitora ávida de mulheres.

Consultei biografias.

Montei meu próprio cânone, ou anticânone, de poetas norte-americanas do século XX, e comecei a fazer vários *études de femme*.

Tinha de tudo.

Tinha aquelas que se suicidavam, solteironas recalcitrantes, jovens lindas e sensuais, viajantes, mães arrependidas ou irresponsáveis, amantes de homens e mulheres, expatriadas e reclusas, todas ambiciosas, todas inteligentes e cultas, todas perturbadas, todas em desvantagem.

Eu lhes perguntava coisas.

Como conciliar escrita e pulsão sexual, maternidade e ambição, talento e lar?

Por que não existem épicas femininas?

O que o amor tem a ver com a biblioteca, a biblioteca com a incapacidade de viver?

Assim passei um bom tempo.

Nas cabeceiras da noite, como um animal sem fábula.

Comecei a colecionar fotos de escritoras e a colá-las na parede.

Intitulava-as:

"Poeta lendo"

"Escritora mártir"

"A última poeta feliz"

"Retrato de um extravio"

"Escritora ausente da própria vida"

(Os rapazes do *Diario de Poesía*, em Buenos Aires, tinham, nessa época, seu próprio mural onde não havia, nem desenhada, uma única mulher.)

Logo desisti.

Pensei: E se a loucura de escrever vem de não se aliar às mães?

Mais uma vez o poema "Encruzilhada":

Vejo que os barcos se aproximam e que ainda não decidi: a) se quero que os navios afundem e, com eles, os homens e tudo o mais; b) se devo empunhar as armas e subir aos navios; c) se devo ignorar os navios e ficar ao lado de Mamãe para sempre, mas isso se parece muito com a morte.

Arranquei as fotos da parede e me sentei para esperar.

A imaginação trabalha sozinha, mesmo contra nós.

O tema da discórdia entre escrita e vida reapareceu em *Cartas extraordinarias*.

Foi como aqueles pesos de papel que, ao serem virados, de repente nevam sobre um mundo interior.

Nesse livro, inventei sem pudor, promovi anacronismos, me dei o trabalho (e a audácia) de imitar, entre outros, Melville, Salgari, Alcott, Dickens, Verne, Kipling e Poe. E logo em seguida, fiz com que todos eles, quase com crueldade, medissem os custos da atividade literária.

Preciso ser feliz? Não sei. Também não sei se importa conhecer a arte da carícia. Às vezes penso que o amor é uma paixão absorvente, que deixa pouco espaço para outra coisa no coração do homem.
Jules Verne

Não posso mais perder tempo. Tenho que escrever, tenho que me isolar, fora do alcance dos observadores de pássaros. Se necessário, construirei um bunker *– ou vários, um dentro do outro – para que ninguém possa deixar marcas de pneus nas minhas roseiras. Assim me protegerei dos intrusos, ninguém ultrapassará meu mundo suspenso dentro de um diorama, exceto meu cachorro Benny, porque para um cachorro você não precisa explicar, nem mesmo com monossílabos, que às vezes um homem precisa estar sozinho com sua máquina de escrever.*
J. D. Salinger

Estou prestes a completar quarenta anos. Fiquei fora do quarto conjugal e ainda não consigo elucidar se o poder de uma mulher deriva de não amar ou se a liberdade é um marido melhor do que o amor.
Louisa May Alcott

Foi aí, se não estou enganado, que veio a ideia de partir, sem rumo certo, na direção de todos os livros do mundo. Ler e escrever,

escrever e ler. Céus, como me esforçava! Esquecia de comer, dormir, sentir. Já não suportava nada além da Remington. Que imbecil! Como se escrever fosse me dar um país mais verdadeiro.

Jack London

Se isso continuar, me tornarei bastante inteligente e completamente entediante. E se viver os livros fosse melhor do que escrevê-los? [...] E se, em vez de me tornar um Grande Autor, eu me contentasse em ser como aquelas garotas que passam pela vida como sem querer?

Johanna Spyri

Ah, se as pessoas soubessem o preço altíssimo que a escrita exige! É preciso se submeter a um rigor feroz, abrir mão das festas, estudar sem pausa, prescindir do descanso, temer a solidão e buscá-la e, o que é pior, recomeçar a cada noite a ciclópica tarefa de se perder. E isso, sem descuidar um instante da vida dos filhos, do pagamento das contas, das queixas e reclamações de próximos e estranhos.

Charles Dickens

Jane Eyre, Monsieur, é – antes de mais nada – uma peregrinatio. Uma peregrinatio para quê?, você deve estar se perguntando. Para ver o que há – se há algo – entre a mulher que sou e o autor que digo ser.

Charlotte Brontë

Em que se assemelham o substantivo "deserto" e o verbo "desertar"?

Aquele que deserta deixa para trás os seus vínculos, trai pactos, rompe os votos que poderia ter feito.

E depois busca, no deserto de chegada, um novo nascimento.

Um território pleno, caótico, como o de qualquer início.

E oferece, em troca, migrações, hinos.

O som primordial de um oratório.

A infância de algumas aves que distribuem sinais pelo mundo.

A isso eu chamei de: o além da escrita.

O hexagrama da Dificuldade.

Uma de suas aventuras mais elevadas.

Escrevi:

Querida Mãe,

Obrigada por levar meus livros ao concurso da prefeitura e também pela informação sobre as bolsas. Vou te contratar como agente literária! [...] Comecei o livro sobre o qual te falei [...] Já escrevi 47 páginas. Nada mal, não é? [...] Imagina se eu acabo escrevendo um romance. [...] Pena que às vezes eu desanime. [...] Com as crianças, as aulas e o trabalho, o tempo não dá para nada. [...] Te contei que vou ser traduzida para o inglês? [...] Quando eu for a Buenos Aires, me inscreverei na Dante para falar italiano com você. [...] Um grande beijo é pouco. [...] Sua filha, que te ama cada vez mais.

Tua estratégia foi sagaz, Mãe.

Você me deixou as minhas próprias cartas, prontas para serem lidas.

Não havia escapatória.

Eu tive que enfrentar a fraude mais patética do mundo: eu.

Como explicar a bajulação?

A mendicância de coisas, em uma ordem sem sentido e sem necessidade?

Os protestos de amor?

Não sou justa. Nunca fui. Nem comigo, nem contigo.

(Às vezes penso que a carência dava sentido à minha vida.)

Não disse, por exemplo, que quando você vinha a Nova York nos visitar com Papai era uma festa recebê-los. Que você sempre foi generosa, conosco, com as crianças. Que eu, tua *grande ilusão realizada, tua única posse inteiramente tua*, sentia saudades.

Você está me olhando, eu sei.

Haja paciência, você pensa.

Nessas viagens, Mãe, você estava feliz, você sempre foi feliz em viagens.

Além disso, você tinha atingido seu objetivo: me ter em Nova York e a irmã mais nova em Paris, as duas estudando no exterior, as duas alcançando reconhecimento profissional.

O que melhor do que organizar um "triangular": Buenos Aires–Paris–Nova York?

Alguma realidade, pensei.

Alguma realidade, mais íntima ainda do que a real, deve existir.

Animal de terreno baldio. Vento apertado ao sexo. Cal da dissolução.

Coisas assim.

O abismo não tem biógrafo.

Se você pudesse ver Roma, Aetherius… […] você aprenderia de uma vez a beleza do horror. Se você pudesse não se assustar à noite. Aleijados nauseabundos, transidos e decrépitos, envoltos em trapos. Eles tomaram conta das ruas. Dizem que em sua arquitetura estão todas as viagens. Essas viagens que apagam o viajante, obrigando-o a cavar o que ele não sabe. Tudo era loucura e claridade. Ninguém temia morrer vivendo a morte. Eu te digo, Aetherius, que a vertigem é um dom.

O parágrafo, que aparece em *El sueño de Úrsula*, fala sobre a Roma imperial, a Cidade dos Césares. No entanto, é óbvio que o ímpeto e o seu volume muito alto são traços de Manhattan.

How much I love you, Unreal City!

Às vezes, seu desenho execrável me ofuscava tanto que eu perdia a noção do tempo.

Outras vezes, eu me via quieta diante de um espelho que se move, incansável, em torno de um vazio, onde tudo o que *não* está deslumbra, como em um poema.

Eu disse, como o pintor Rugendas no romance de Carlos Franz:

Quanto mais longe, mais artista.

E eu fiquei olhando o mundo da bat-caverna, maravilhada com o que dava forma ao acontecimento, a miséria anônima e ativa.

Eu disse também:

Toda inovação é exercida, cercando as trincheiras de um centro, a partir de uma periferia fragmentada.

Como no jogo da oca, eu não fiz nada além de avançar, superando obstáculos, e acabei de novo no ponto de partida.

Esse ponto de partida é a beleza do incongruente.

Eu te digo, Aetherius, que a vertigem é um dom.

Nunca saí da casa da infância.

Daqui ninguém me tira.

"A imagem que tenho do seu rosto é turva. Lembro que ela me impedia de beijá-la, rejeitando-me com a mão quando eu tentava me aproximar. Minha mãe encarnava a loucura. Também eu sou mãe. Será que estou louca?"

Marguerite Duras

"Hoje mamãe morreu. Ou talvez tenha sido ontem. Não sei. Recebi um telegrama do asilo: *Sua mãe faleceu. Enterro amanhã. Sinceras condolências.* Mas isso não significa nada. Talvez tenha sido ontem."

Albert Camus

"Eu amo minha mãe, mas arcar com sua vida implica me imolar. E, claro, eu me imolo. É óbvio que eu me dou como holocausto."

Alejandra Pizarnik

"O pior é o contato, sempre frio, ossudo, inconveniente. Entendi a lição rapidamente: é melhor se afastar dos corpos. É por isso que amo os grandes escritores, os mortos são muito mais seguros."

Susan Sontag

"Eu não sei que dano é este/ você me embalou eu te esburaco/ você percebe o medo que me fez, mãe?"

Juan Gelman

"Quem não tem mãe, terá livros."

Susana Thénon

"Eu visitava Mamãe com frequência. Quando batia à porta e a ouvia arrastar os chinelos, prometia a mim mesma que dessa vez tentaria entendê-la. Cinco minutos depois, já tinha desistido. Suas frases me tiravam do sério, como quando, aos vinte anos, ela tentava embarcar em assuntos íntimos comigo."

Simone de Beauvoir

"Amei minha mãe com uma paixão quase criminosa."

Stendhal

De onde vem esse coro de mães letais?

Quando *La jaula bajo el trapo* foi publicado, senti uma culpa atroz.

Eu tinha viajado para Buenos Aires para o lançamento do livro e temia uma hecatombe.

Minha mãe detestava a insolência, sentia horror ao que os outros diriam e considerava de *muito* mau gosto expor intimidades.

Como apresentar a ela um fato consumado?

No livro, eu a atormentava, a plagiava, a colocava nos pontos mais altos e mais vis, julgando-a, sem nenhuma hesitação.

Um horror.

Não obteria nenhum sossego de minhas mãos, nem em letras grandes ou pequenas.

Ana Cristina Cesar falou sobre "a maldade de escrever".

Será que ela se referia a isso?

Decidi que o melhor era avisá-la e lhe dei um exemplar, assim que saiu da gráfica, com esta dedicatória: "Espero que você possa lê-lo como um livro. Caso contrário, terei falhado como artista."

É preciso ter coragem.

Duas semanas depois, ela deixou um envelope na portaria.

Dentro, imitando meu estilo, uma única frase:

"Ouviu-se a mãe dizer: A filha ainda sofre. Sinto muito."

Instruções para escrever um Réquiem.

Escolhe-se, como ponto de partida, o Partenon das palavras (Calasso).

Plantam-se pistas falsas, ocultam-se provas, distorcem-se fatos.

Qualquer coisa, menos a hipocrisia da higiene.

Passa-se da desventura aos maus-tratos. Dos maus-tratos ao silêncio. Do silêncio à desventura novamente.

Avança-se pouco.

Não há, o que é pior, para onde ir.

Se há para onde ir, não há escrita.

Indo e voltando da amnésia.

Há apenas casas de bonecas, ilhas, flertes refratários com o excêntrico.

Expulsa-se do trono o argumento, a tediosa atualidade.

O corolário é uma fortaleza. Um teatro estilhaçado. Um circo de malícia e teimosia.

Quando o que se escreve falha, e isso raramente acontece, há esperança.

Pode-se começar a começar.

A iluminar aquilo que se oculta sob a linguagem, seja algo ou nada.

Beckett chamou isso de *Literature of the Unword* (Literatura da Despalavra).

Ai, Mãe. As perguntas não teriam que cessar? Vou continuar sempre examinando tuas frases com lupa?

O que você quer? Uma vida como a minha? Casar? Ter filhos?

Na minha noite sem pausa, parece que entendo que você anseia por um futuro brilhante para mim, uma solvência que não precisa de nada nem de ninguém, porque tem suas próprias leis, seus juízes e, acima de tudo, seus próprios recursos.

Quantas cabeças são necessárias para acalmar os caprichos de uma rainha louca?

Curiouser and curiouser.

Provavelmente interpreto você errado.

Ninguém chega.

Nem um fantasma nem outro fantasma nem a pior humanidade.

Claro, tentei provar o seu erro.

Fiz tudo para melhorar: estudei, trabalhei, ganhei dinheiro, tive filhos e escrevi, sem abrir mão de viver com um homem.

Também tive o sexo (mais ou menos), consegui ser como um rio revolto e até obtive algum sucesso tecendo o vazio.

O problema é que, para alcançar isso, tive que usar os métodos que você me ensinara: a vontade, o afinco, a estrita abstenção da preguiça.

Destruir é conservar?

Toda regra, escreveu Fourier, gera sua contrarregra, tão dogmática e arbitrária quanto ela mesma.

Alguma vez também vislumbrei a outra margem e quis alcançá-la.

Falo da paz das águas.

Do segredo e seu enunciado.

O plano não prosperou, não fortaleceu a minha posição.

Tive que me acostumar com o pior, ficar encalhada na montagem das ruínas.

Como naquela cena de *Fanny e Alexander*, quando depois do enterro do tutor malvado, o garoto corre alegre pela casa e tropeça nos sapatos pretos do falecido, e levanta o olhar, e a câmera sobe pela figura do pastor que, intacto em sua estatura e mais vivo do que nunca, diz a ele com vileza: "Você pensou que iria escapar tão facilmente."

Com os doutorados em mãos e depois de dez anos, não há razão para continuar em Nova York.

Pelo menos não para o homem com quem vivo, que nunca apreciou o Primeiro Mundo e ainda menos os estudantes do Primeiro Mundo.

Não são humanos, dizia.

Quem pensaria em ir à aula de skate? Ou começaria o ano letivo com balões e faixas?

O campus parecia atroz para ele.

A política local, nem se fala.

Ele nunca entendeu por que não havia greves, confrontos ou manifestações como deus quer.

Por que, nas manifestações sindicais, meia dúzia de gatos pingados ficavam andando em círculos com faixas lamentáveis, protegidos por cercas e policiais sorridentes.

Eu também não.

Eu teria exclamado HOME, estendendo o dedo como o E.T. de Spielberg, ao ver o perfil alucinante de Manhattan em algum canto do mundo.

Sempre estive apaixonada por sua festa hostil.

Foi assim como foi: durante anos, discutimos o assunto do retorno.

Eu fazia a pergunta de Bolaño:

É possível sentir falta de um país onde se esteve a ponto de morrer?

Ele ouvia o gordo Muñoz, ia até Queens para comprar jornais argentinos, sabia o que acontecia em Buenos Aires como se não tivesse ido embora.

Depois, saía para caminhar à noite, sem dizer para onde ia, com muito sigilo.

Eu faço o que posso, dizia.

Eu sempre fui esperta, mas agora olho para o outro lado, meu casamento é funcional, é tudo o que importa.

Cada um cuida do seu jogo.

Depois voltava à carga com meus argumentos: um doutorado inacabado, as crianças, a experiência e, acima de tudo, a ideia de ir para fora que tinha surgido dele, exclusivamente dele.

Isso era fundamental.

E um pouco falso.

Depois, dava meia-volta e voltava às minhas explorações, investigando cais, zoológicos, livrarias, zonas, clubes de jazz, bairros desmantelados (que pareciam Beirute), e voltava para me trancar e escrever.

Perdi, por outro lado, as séries de televisão que ele assistia com as crianças: *The Wonder Years, The Cosby Show, Family Ties*.

Foi assim como foi.

Inarmonias.

O mistério de uma casa em guerra é complicado.

Por anos, permanecemos em conflito, sem encontrar concordâncias, sem saber o que fazer com isso que se erguia lá fora, excessivo e incerto, como um pesadelo esplendoroso.

A biblioteca da Universidade Columbia foi isso para mim: um labirinto onde a vida se aliviava.

Eu apreciei, vida afora, aquele ímpeto.

O que ia se tornando, mesmo contra a minha vontade, um sinal de entendimento: atualização diante da linguagem, explosões do coração.

Acontece assim.

A cada domingo, durante uma década, depois de colocar as crianças na cama, atravesso o campus e entro nela com duas pilhas de livros.

Devolvo-os lidos e pego outra pilha igual.

A diversão séria avança com os punhos tensos, sem saber ainda – não completamente – que as asas do mundo amam a alegria.

Sempre encontrei o que procurava. E o que não procurava, também.

Nessas noites, com o frio batendo no meu rosto, sinto-me à mercê de todos e de ninguém. Posso caminhar com o cérebro, treinar meu olhar, dizer sou e ponto.

O homem que eu chamava de companheiro, anos depois, acabou me recriminando por isso, durante as brigas.

Ele dizia: Você ia para a biblioteca feliz, e destacava a palavra *feliz*, como se fosse um desvio ideológico.

Não sei quantos livros li nesses anos.

Um livro levava a outro, e esse a outro, e a mais outro, me ensinando a arte da deriva.

Eram tempos.

Bestiários sem fim.

Até me consolava – às vezes – por não ter tido quando criança a biblioteca de Borges.

Quando dei por mim, a batalha era campal.

E a confusão, enorme.

Eu me esforçava para fazer perguntas onde era só negar, para ensinar coisas à minha inteligência.

Como alguém olhando de longe a partir do depois, de longe ao longe, eu ponderava ambições, silêncios, desgastes.

Ficar implicava continuar vivendo no topo do mundo, viajar o quanto quisesse e, acima de tudo, manter-me longe do que me atormentava.

Supunha também perigos um pouco assustadores.

E se eu me tornasse uma escritora sem lar, sem tradição alguma, uma curiosidade "latina" nas prateleiras do exótico?

Se eu perdesse a habilidade de perceber o que é interno, desafinado e indomável, escondido sempre na língua materna, irreconhecível de tão verdadeiro?

O retorno, nem precisa dizer, também me apavorava.

O pior fantasma é o *enraizamento*, com todas as suas celas, suas sufocações antigas.

Em outras palavras, renunciar ao luxo de continuar perdida, ao privilégio de não ter que prestar contas a ninguém.

(Meus amigos podem dar testemunho desse atoleiro.)

Atribuí a Sambatia, a poetisa que queria tecer "poemas como catedrais" em *El sueño de Úrsula*, o inventário completo das minhas paranoias e até a fiz recitar uma prece:

Senhora das Coisas que Emigram:

Pelos doze signos do Zodíaco, os doze meses do ano com seus dois solstícios e dois equinócios, pela lua que guarda a ira e os poemas, por todo o mal do nosso século, permita-me permanecer vulnerável, angustiada e produtiva.

[...]

Livra-me dos invejosos, dos que se acham gênios, por terem estudado o trivium, *da vergonha diante do elogio e de precisar de páginas de recomendação.*

[...]

Livra-me também do tear feminil, daquilo que finge ser afeto mas é apenas desejo de controle, como frequentemente ocorre nas famílias, e, acima de tudo, dos apaixonados por espelhos, de qualquer sexo que sejam.

[...]

Salva-me da estupidez dos torneios e outros passatempos masculinos, das matilhas de soberbos, dos ladrões de ideias, das rapinas entre iguais, das sabotagens, das pisadas, dos pontapés e também dos tubarões que podem aparecer nas festas mais inofensivas da Corte.

[...]

E não te esqueças de proteger-me daqueles que alegam ter obedecido a outros para justificar seus crimes, dos bons em particular e dos seres humanos em geral, que são mais medíocres do que desesperados.

[...]

E dos que se acham heróis ou santos, que são a pior escória.

[...]

Deste-me o privilégio de uma infância com muitos deslocamentos, concede-me agora a amplitude do exílio, viver em grandes cidades e evitar a província, principalmente a minha, pois sua pequenez é contagiosa e não se vê.

[...]

Em suma, eu não sabia o que fazer.

Às vezes, pensava no romance *O quarto de Giovanni*, de James Baldwin.

Na frase que um amigo diz ao protagonista expatriado em Paris:

"É melhor não voltar; você manterá por mais tempo a ilusão de ter uma pátria."

Outras vezes, eu me perguntava maliciosamente:

Voltar, para onde?

Ou me perdia na encruzilhada de Joseph Brodsky, o poeta russo instalado na Nova Inglaterra.

"Se alguma vez houve algo real na minha vida, foi precisamente esse ninho, opressivo e sufocante, do qual sempre quis, desesperadamente, escapar."

Talvez a aversão não passasse, afinal de contas, de uma saudade disfarçada.

E a saudade, uma espécie de velhice.

Assim, não vou a lugar nenhum, pensei.

Com os lábios abertos, não disse nada.

Calei-me de repente.

Guardei-me nos quartéis, nos silêncios suficientes, em todo o arsenal.

A rose is a rose is a rose, escreveu Gertrude Stein.

Também uma década é uma década.

Por fim, ele disse:

Pronto. Terminei o doutorado. Já não há motivos para ficar aqui. Se você escolher outra coisa, está tudo bem. *Eu* vou embora.

Ouvi isso primeiro como quem ouve a chuva.

Talvez eu não tenha acreditado nele.

Ou lembrei das vésperas, Mãe, quando você falava comigo e eu, sem muita sensatez, desde a minha mocidade, te ouvia com fé.

O homem, as árvores, a vala.

Depois comecei a duvidar, sucessiva e inversamente.

A perspectiva de ficar sozinha na cidade estrangeira, sem dinheiro e com filhos entrando na adolescência, não parecia espetacular.

Além disso, uma mulher, por mais escritora que seja, não é uma desmiolada nem quer ser.

Eu disse a mim mesma:

Chega desses discursos teus.

É preciso ser idiota para continuar acreditando em um roteiro assim.

Cedi reclamando.

Tomei tamanha decisão.

Em um gesto heroico e um pouco teatral, desmontei a casa, coloquei tudo em contêineres e voltei para Buenos Aires.

E assim começou uma mudez, um eu jogada ali, em uma poltrona azul, completamente abatida.

Fiquei bem fugida.

Como se fosse Ovídio às margens do Ponto, me apeguei ao mau humor. As modas detestáveis dos anos 90 me irritavam, a deterioração gritava grandemente, como se a vida estivesse irremediavelmente gasta ou já toda usada ou quebrada.

Tristia.

Foi um interregno de apenas cinco anos, mas me bastou para traçar um anagrama do meu nome.

Museo Negro foi um plano de autodefesa, cheio de vampiros, espectros, crianças-viúvas, artistas da fome.

Não me arrependo: a biblioteca gótica é de uma riqueza avassaladora, nunca li livros tão belos.

Outra vez me protegia mantendo distância.

(O anacronismo é uma subcategoria do confinamento.)

Vive e descobre quem és.

Estou falando de coisas de valor farraposo.

De súbitas dádivas de fulgor e morte, de ver como o cinismo se tornava lei e o vulgar estilo.

Olho ao meu redor e conto desavenças, banalidades, arrogâncias de todos os tipos.

A escuridão é um excesso de luz.

Onde esperar o alívio?

Em que esquina o milagre daqueles pássaros extintos?

Juan Gelman tinha razão:

"A/ ave foi embora para o não sonhado/ num quarto que gira sem/ lembrança nem espera."

Em resumo, nada funciona.

Nem os filhos se adaptam nem o casal dá pé.

Por que insistir em um lugar que sempre me sufocou?

Começo a procurar emprego para partir novamente.

Vai ser difícil conseguir um posto no exterior. Ainda por cima, quero voltar para Nova York, o lugar mais cobiçado.

Incrivelmente, me oferecem emprego em Sarah Lawrence, uma faculdade prestigiosa, dedicada inteiramente às artes.

Dizem que Yourcenar e Sontag ensinaram lá.

Desta vez, estou seguindo os filhos, com visto de trabalho, sem entender que coisa horrível está acontecendo com minha vida, por que o desamor cresceu tanto, de onde surgiu aquela garota loira que mexia o cabelo ao rir e acabou levando embora *a beleza do marido*.

You've come full circle, dizem em inglês, referindo-se a uma virada na vida que nos força a reavaliar uma experiência.

A prova, que parece promissora, pode se revelar fatal.

No meu caso, nada me prepara para o choque.

Estou na esquina da rua 14 com a Sétima Avenida.

É uma noite de outubro, não muito fria.

(Sempre saía muito pela rua 14: adorava os brechós, as lojas kitsch, aquele ar de bazar interminável que pertence igualmente à opulência e às porcarias da imaginação.)

Mas, agora, tudo parece me repelir.

É como se um véu tivesse sido puxado, deixando ver um deslumbramento morto, uma decepção que se parece com um corpo anestesiado, desprovido de capacidade de reação.

A cidade – na qual apostei tanto – está me deixando sozinha.

Fico parada.

Começo a chorar.

Este também é um choro antigo, gutural, como o teu daquela vez. Uma espécie de alquimia invertida de qualquer triunfo, até mesmo real.

A palavra é o único pássaro que pode ser igual a sua ausência, escreveu Roberto Juarroz.

Silvina Ocampo: Tudo chega, até o que se deseja.

Io comincio a fare poesía, escreveu Pavese, *quando la partita è perduta*.

A frase é brutal. E exata.

Ela diz o que é preciso saber sobre o vínculo incerto – e fundamental – entre literatura e luto.

Assim eu comecei *La anunciación*.

Ao retornar a Nova York, como uma mulher sozinha, escassa, rodeada de obstáculos.

Minha mãe, por uma vez, me poupou dos seus comentários.

Eu os ouço mesmo assim.

Com certeza você não passava a ferro suas camisas.

Eu te disse: falta de classe, alguém sem caráter.

Você era demais para ele.

Ele tinha que achar um jeito de te diminuir.

Um covarde.

Um joão-ninguém.

Estou doente de dor.

Não quero ouvir, quero sofrer.

Me elevar para fora dos fatos.

Quero muito saber o que aconteceu.

Quis isso com urgência.

As plenitudes. As portas batendo. Os ódios sem rumo. A invenção de tudo, sem lugar ao redor.

Das Edições Paulinas às suas arengas obscenas, você me incutiu tudo isso.

Os homens são todos iguais.

Sem que o anseio te dobrasse, nenhuma piedade.

Uma exceção?

Jamais.

Nem mesmo nos tempos de Platero é pequeno, peludo e macio.

E se você estivesse certa?

Se, afinal de contas, não restasse outra opção senão se render à evidência?

Naquele Natal, vulnerável como um cão, levei o filho mais novo para patinar no gelo no Central Park.

Era uma noite de sonho, com temperaturas abaixo de zero, em Fahrenheit.

Límpida, como a neve caindo, como a luz dos prédios que cercam o parque, como aquela tristeza que me sufocava por dentro e me deixava rígida no meio da pista, como se algo insistisse em apontar e esconder ao mesmo tempo, o que ainda não tinha acontecido.

Tive a brilhante ideia de cair.

Dois homens me levantaram, me colocaram em um táxi com o filho e me despacharam ao St. Luke's.

Na manhã seguinte fui operada.

A isso chamávamos, na militância, de quebrar-se.

Significa: abandonar a causa, não acreditar mais nos ideais.

Fiquei de cama por três meses, desmoronando por dentro.

Eu não tinha o que fazer. Ou tinha o caos da vida, a coisa nenhuma.

Às vezes meditava silenciosamente.

Tentava explicar para mim mesma os pensamentos de uma ideia que fugia de mim. Falava surda. Dizia coisas descabeladas para ninguém, sem sentido.

Sei stata una vera signora, me disse uma colega italiana, referindo-se à discrição com que enfrentei o divórcio.

É verdade: ninguém na universidade soube da ruína.

Assim que pude, retomei as aulas como sempre, sorri como sempre, cumpri com minhas obrigações como sempre.

Uma filha-modelo não é uma Catita*.

Essa fase durou uma eternidade.

São coisas meio importantes.

Mas nem tudo foi desânimo.

Nem tudo arriava para baixo.

Com o tempo, aprendi a jogar sinuca, fiz aulas de squash, ouvi a banda Morphine, me tornei viciada em film noir e em homens mais jovens que eu.

Olhe como estou suave!

Tive que aprender a estar alegre e triste ao mesmo tempo.

Pretérito na lua.

Estrelas álgidas.

Aldebarã, Sirius, Alpha Centauri.

Louvado seja, Ninguém.

Até que um dia escrevi em um pedaço de papel solto:

Ninguém jamais saberá o quanto o presente me custa. No presente, quem respira sou eu, também sou eu quem morre a cada inspiração. Avanço com muletas, como se estivesse aprendendo a caminhar, estou aprendendo a caminhar. É maravilhoso caminhar em Roma. De repente, as ruas imundas se transformam em um silêncio branco,

---

* Personagem do filme *Catita é uma dama*, de 1956, interpretada pela atriz Niní Marshall. [N. do E.]

como um jardim de mármore onde floresce uma estátua e essa estátua é você, ou melhor, a tua ausência, iluminada. É maravilhoso o verão escrito. É maravilhoso porque nada muda, agora mesmo escrevo "É verão" e será verão para sempre: grilos cantando. E depois, virão gerações futuras, e tocarão essa dor e alguém dirá, com palavras insípidas, houve alguém, houve alguém que ouvia os grilos cantarem numa noite em Roma.

Bastou esse parágrafo.

Entendi de repente que, ao perder *a beleza do marido*, tinha perdido uma testemunha.

Eu tivera *outra* vida, *outros* ideais, *outras* convicções, e agora não havia ninguém que pudesse dar testemunho.

Ninguém que dissesse até que ponto.

Isso me despertou.

Amanhecia na imobilidade das coisas, o que existe porque sim, sem mediação alguma.

Fiquei atenta, isso sim, ao voo das andorinhas, quase.

Talvez, pensei, as andorinhas são a única coisa que existe.

Talvez, elas também ponham ovos de ferro.

Depois voltava à escrita.

Tinha que explicar para mim mesma a derrota, a pessoal e a histórica.

Tinha que mergulhar novamente na década enterrada, com suas sepulturas líquidas, seus centros clandestinos, seu realismo sujo em toda a face.

Assim foi como foi.

Tudo começou a bramar, por ordem minha, a dar forma ao acontecer, a se tornar fogo silencioso e sábio, sem mais desculpas.

Tive longas conversas com as personagens que eu mesma estava criando: o Bose, Humboldt, Emma, e o monge Athanasius que fundou em Roma, em pleno século XVII, o primeiro museu do mundo.

Também te escrevia cartas.

Querida Mamãe,

O começo de um livro é difícil. Ainda assim, avanço rápido. Esta bolsa em Roma é uma bênção. Só faço passear, ler e escrever. Visitei as galerias que você me recomendou: a Borghese, a Doria Pamphili, o Palazzo Barberini, a Villa Farnesina e, de vez em quando, tomo um sorvete. É o meu programa de reabilitação emocional.

No sonho – escrevi em La anunciación *– ouviam-se as campainhas procedentes da mesa do Tribunal e o Juiz começava a ler com expressão severa a longa lista de acusações imputadas por ter, com premeditação e traição, infringido, vulnerado, violado, os direitos fundamentais de seus concidadãos, disse, em outras palavras, incorrido nos atos tipificados pelas normas estabelecidas no Código Penal da Nação, sem prestar muita atenção ao advogado, melhor dizendo, ao defensor dos pobres e ausentes que, com pouca convicção, por puro formalismo, apresentava as habituais exceções, enquanto eu era conduzida ao banco dos réus, e ali mesmo, ordenava-se que eu respondesse à pergunta Considera-se culpada ou inocente. Eu tinha que começar a falar e não saía nada, por mais esforços que fizesse com a boca e sem olhar para ninguém, até que finalmente consegui dizer, de maneira desajeitada, balbuciando, que antes de responder era necessário esclarecer o significado das palavras, porque eu não acreditava que, para mim e para eles, culpada e inocente tivessem o mesmo sig-*

nificado, eu disse mais ou menos algo assim, quando ouvi um grito do promotor que me ordenava responder às perguntas sem recorrer a artimanhas. Então ele começou sua longa acusação, grupo armado, disse, que eu tinha sido membro de um grupo armado, que tinha integrado, na qualidade de aspirante a miliciana, o aparelho subversivo, enquanto exibia pastas, e eu, não que quisesse negar e menos renegar o que fiz, sem mais nem menos, disse, pensei que esta sociedade em que vivemos precisa mudar, aqui não estamos julgando ideias, bradou o promotor, mas fatos, fatos que as leis classificam como crimes e que conduziram o país a um horrendo, imperdoável banho de sangue, ou você esquece de todos os mortos causados pelas ideias de pessoas como você, o que vocês fizeram não tem nome, repetiu, e eu olhei para a caderneta que o Bose me deu e a apertei com a mão, nela estava contida a loucura, a felicidade daquela época, é preciso afastar, dizia o promotor, qualquer tentação de justificação social, política, cultural do que vocês fizeram, a responsabilidade direta ou indireta nos atos criminosos enumerados no caso foi plenamente comprovada, a tentativa de semear o caos, de anular as instituições fundamentais de nossa república, a família, o estudo, o trabalho, não, vocês não eram revolucionários, eram vândalos, seres transformados pelo ódio, no máximo, jovens imaturos e desprevenidos que outras mentes perversas doutrinaram no caldo de cultura das universidades, incutindo-lhes uma pedagogia da violência, instigando-os a pôr em prática os preceitos da desgraça, mas isso não muda em nada a natureza bestial de seus delírios torrenciais que levaram luto a tantas famílias honestas, cristãs, inocentes, trabalhadoras, aqui estão, disse o promotor apontando para mim e também para você, para o Bose, para Emma, e tantos outros colegas que agora estavam atrás de mim, aqui estão, repetiu, estes são, pensei, enquanto ele continuava seu discurso, cada vez mais fora de si, esses crimes não ficarão impunes, repetiu, a Pátria nunca perdoará vocês por tê-la transformado em um lamaçal da história, coisas assim.

A poesia pertence à política de um modo singular.

A frase é de Alain Badiou e está no seu livro *La politique des poètes*. Esse pertencimento consiste em sustentar um *não* pertencimento.

E em que consiste esse *não* pertencimento?

Em produzir, contra a apologia do sentido, um curto-circuito na linguagem para que o pensamento perceba sua própria insuficiência.

No poema – um verdadeiro "inutensílio", segundo Paulo Leminski – as palavras se recusam a servir para algo; aspiram apenas à não adesão, exibindo desse modo sua recusa a qualquer doxa.

Os poetas disseram isso de mil maneiras:

Escrever é sussurrar o que se ignora.

O escrito não é espelho.

A clareza não passa da face amável da sombra.

A poesia pensa no interior da própria poesia.

Preserva algo da infância anterior à palavra.

Quer ser inatual, sem atributos, sem mundo.

É anterior à verdade (a verdade é a mais perigosa das mentiras).

Um poema, escreveu Huidobro, é lindo porque cria fatos extraordinários que precisam do poema para existir em algum lugar.

Araignée du soir, Espoir.

Alguns falsos silogismos:

Minha mãe não foi feliz.
Minha mãe é uma mulher.
Que fiasco.

Escrevo porque não sei tocar.
Tema bonito para um opúsculo.
Melhor o anel do Capitão Beto*.

Para onde vai o ir-se?
Minha mãe na máquina de escrever.
A menina aprende a ser órfã.

Um pássaro morreu.
O outono se extravia.
A viagem não espera.

A fome dorme comigo.
I'm reasonably unsexed.
Que coisa pra dentro é um livro!

Não se trata de esquivar a polêmica.

O cineasta tcheco Jan Švankmajer, por exemplo, ficou furioso:

---

* Referência à canção "El anillo del capitán Beto", de Luis Alberto Spinetta.
[N. do E.]

"Eu me oponho a reformar a civilização com minha obra.

"Já faz muito tempo que desisti disso.

"Toda tentativa de instruir a sociedade fracassa porque, ao ter que utilizar uma linguagem que ela possa entender, acaba caindo-se na mais grosseira cumplicidade com o que, em teoria, se pretende mudar."

Theodor Adorno foi mais longe.

A arte, disse ele, não precisa se filiar a nada. Basta se preocupar com seu próprio material – onde, a propósito, a sociedade inteira habita – e instalar ali sua crítica ao poder.

A arte, em última análise, não é de natureza ideológica, mas pulsional.

Nenhuma regulamentação lhe serve.

Nenhuma militância.

Exceto, talvez, aquela que busca restituir ao mundo sua condição de matéria opaca, deixá-lo à mercê de sua própria deficiência ou, no caso da escrita, explorar a língua, como queria Juan José Saer, com incerteza e rigor, sem mais interesse na moral além da moral da própria forma.

Dizem que, no século X, o rabino de Praga Judah Loew contou a história de dois peregrinos. O peregrino da primeira jornada descobre e retém algo que não sabia a cada dia. O peregrino da segunda jornada esquece algo que sabia a cada dia. Para o primeiro, o dever é cobrir uma página branca de preto. Para o segundo, embranquecer o coração enegrecido.

Isso tem o nome de aporia maior.

Bem-vindos à *fantasia exata* da literatura.

Não pensei que, ao longo dos anos, caberia a mim cuidar de você.

Que você começaria a se dobrar, a cair, a se tornar diminuta.

Quem sabe, eu me dizia, talvez isso seja bom, permitindo que eu tenha menos medo de você.

Comecei a me perguntar coisas: que tipo de menina você foi, por que a asma, quando você começou a sofrer.

Você se mudou mil vezes. Só na primária, dez casas, dez bairros, dez professoras diferentes.

Será por isso que, em casa, você mudava os móveis de lugar?

Você tecia assim suas catástrofes?

Nenhuma decoração.

Nenhum amor te parecia confiável.

Nenhum animal terminado.

Nada que não fosse a fusão mais total e absoluta era suficiente para você.

E, além disso, a moral pacata de tua época, tua enciclopédia de saberes inúteis, tuas vocações truncadas.

Quem sabe, Mãe.

A dor, em existindo, não traz nenhum sossego, nenhuma promessa de felicidade, nenhum retorno jamais.

Quanto a mim, não sei como ser menos dura.

Como evitar que a dor não nos una mais.

Tudo o que digo acabará me ferindo.

Fico assustada por estar assustada, Mãe.

Tenho medo de tudo, até da ornitologia.

Há múltiplas maneiras de estar presa.

Muitas formas de ficar presa em uma gaiola aberta.

Façam suas apostas, cavalheiros.

*A roda parou   pa-
rou três dois   dois três dois   dois três dois*

[...]

Camus escreveu:

"Vou contar a história de um monstro."

Toda a sua obra é a expressão de um luto.

Mais exatamente, a expressão de um luto infame.

O luto é um processo longo.

Seu tema é a solidão.

Sua vocação, a raiva.

E a mim, Mãe, você deixará saudável alguma vez? Ou você se tornará, mesmo morta, sub-repticiamente viva, causando ainda mais danos?

Hoje estou radioativa.

Com a TV desligada e nenhuma clemência.

Ninguém interrompa este fluxo, até que esteja completo.

O que eu estava dizendo?

Não me lembro.

Ah, sim.

Quando digo adeus a nada, a insuficiência do mundo enlouquece, o livro se torna mãe e o vento gira frio.

Tenho que ler você com um dicionário. Você não poderia ser mais clara?

Ufa.

Melhor mudar de assunto.

Comecei a estudar italiano.

Quando estou em Buenos Aires, vamos juntas, uma vez por semana, religiosamente, à Leitura Dantis.

As duas sentadas na primeira fila.

Não amo esta filha *nem um pouco*, você diz para a professora.

É a tua maneira de dizer que me ama muito.

Também aos domingos lemos Leopardi, Morante, Montale, Ungaretti, Pascoli.

Nessas tardes, minha mãe segura o Garzanti, faz esforços para virar as páginas, as mãos não respondem.

Não há contato físico.

O toque, entre nós, sempre foi assim: impossível.

Ela passa batom nos lábios. Eu leio.

Antes de ir embora, peço um abraço de urso.

É uma invenção dos Estados Unidos, explico a ela.

Mostro a ela como fazer: é preciso aproximar os corpos, colocar os braços assim, deixar a carícia se fazer.

Fracasso, obviamente.

Depois saio de sua casa, um pouco tonta, como uma menina meio devorada.

Perguntas no lar mental:

Eu parecia estranha para você e por isso você me atacava?

Você me olhava com inveja ou desconfiança?

Por que você competia comigo?

Por que te obedeci a vida inteira?

Devo a essa inquietação a escrita?

Além disso, eu me pergunto se algum dia serei capaz de fazer as pazes, se poderei te honrar o suficiente, te livrar da minha incompetência em todas as áreas.

Ajude-me a viver, eu te digo, apelando a todos os seus nomes:

Mater Dolorosa, Nossa Senhora do Verbo Dividir, Adoradora das Sombras, Em Nome do Corpo e suas Falhas.

Você consegue imaginar que alegria?

Você e eu acordadas no sopor do mundo, sem pressa pelo que será, pelo que poderia ter sido?

O que acontecer depois, dá no mesmo.

Provavelmente ninguém saiba o que fazer com o que digo.

E não importa.

Escrevi:

What are poems?

Os poemas são centros dentro de um centro, micrografias do desejo, interioridades profundas que funcionam como defesas.

São também fixações, mundos perfeitamente completos e manipuláveis, abertos ao consumo do olho.

Os castelos, as casas de boneca, as ilhas são, neste sentido, hrönir *de poemas.*

[...]

O poema se debate entre o que é e o que poderia ser, apostando sempre no absoluto, que não é senão a alegria de encarnar uma primeira pessoa, cada vez mais imbuída de sua própria ausência.

Teu corpo foi sempre uma espera, Mãe.

Agora mesmo, no meio de tudo isso, estou fazendo uma pergunta imensa: este livro.

E você não responde.

Um livro ósseo, cheio de números místicos, sem nenhuma função.

Um tributo em letras impressas.

Para que tanta pressa? Você não percebe que não estou aqui? Você me passaria um casaquinho que tem um ventinho entrando?

Não tem conserto.

Água és e em água te transformarás.

Eu já deveria saber: não se retorna ao líquido do canto.

Não se retorna?

em certos beijos/ é melhor não entrar/ vê-se demais/ ou muito pouco// você sabe quem sou eu?/ sim uma ideia/ uma prisão arborizada/ um grande lobo negro// que tipo de lobo?/ meu pequeno sol daquele lugar/ essas névoas.

Tanto esforço para chegar a isso.

Tanta pauta engenhosa e nenhuma carícia.

Estou me despedaçando melodiosamente.

No desenho há um triângulo, um quadrado, um retângulo, um paralelogramo. Duas janelinhas vermelhas. Uma chaminé. A neve acumulando do lado de fora.

Faz frio na casa da infância, onde sempre é domingo, como hoje. A menina olha para a neve do mesmo modo que olha para sua mãe. Com a mesma certeza e a mesma incerteza.

O real sempre brinca de desaparecer.

Seu lobo está?

Depois, sem nenhum aviso, algo chega.

Uma matilha. Algo que devora.

Chega como chega à consciência, mais cedo ou mais tarde, a escuridão da carne, a sombra que somos.

A menina se cala.

Olha as estrelas no céu que não desenhou.

Eu gostaria de ver assim: sem ver.

Falo da inocência que se segue, não precede, à perda da inocência.

Dentro da casa da menina, está o silêncio da menina. São suas frases mais claras, as que ela não disse, as que não dirá.

Também escrevo por isso, para chegar a essa mudez. Tentei mil vezes, espalhei migalhas pelo caminho.

Como explicar isso?

Um melro-de-água as comia, depois me explicava sua pequena teoria da graça. Dizia: Não há vitória mais alta do que o fracasso, esse fracasso vem de dentro, nunca esqueças que na casa que procuras não há nada, nem mesmo a menina com sua beleza triste, nem mesmo isso, apenas sua própria sombra, esperando por um esplendor invisível.

Achei que, afinal, meu livro teria acústica.

Ouviu-se um coração pulsar na couraça.

Íntima com ela de uma maneira inexplicável para mim, a irmã mais nova assumiu o mais difícil: trocar fraldas, massagear as costas, colocar grades na cama, manipular gazes, tesouras, algodão, bacias, encontrando os gestos necessários.

Já eu, caprichosamente, me recusava.

Eu não queria saber nada do teu corpo.

Já disse que minha mãe me parecia obscena?, que tudo nela me parecia excessivamente gráfico?

Eu havia sido uma criança aberta, ela avançava sobre mim, invadindo áreas, pensamentos, a totalidade do lóbulo frontal.

Um batalhão inteiro de promiscuidades.

Testemunha, cúmplice, trincheira, porta-bandeira.

O que mais ela queria de mim agora?

Perdoe-a, ela não sabe o que faz.

Daquele pântano, daquele buraco negro que me sugava, eu sempre me protegera.

Eu tinha aprendido a fugir.

A não sentir, a não perceber nada: que grande defesa a falta de percepção!

Agora, felizmente, para cuidar da minha mãe, há a irmã mais nova.

Logo dividimos as tarefas.

Na verdade, sempre as dividíamos, assim como dividíamos os ciúmes, a inveja, o ressentimento. Assim como dividiremos, quando chegar o momento, quem paga o nicho de quem.

Com o tempo, acabamos formando um tribunal.

Montamos arquivos, colocamos a memória em letra.

Abrimos processos. Estabelecemos domicílio, juntas e separadamente. Aprendemos a responder agravos, solicitar prorrogações, recusar peritos, interpor recursos extraordinários, justificar os supostos acusados: a mãe, o pai, nós mesmas.

Dissemos:

Não procede, como quem diz: Autos para sentença.

Ninguém nos superava em eloquência, nada fazia prever um fim.

Para quê?

Afinal, nunca saímos da infância.

A infância e suas criptas foram presentes teus, Mãe.

As duas aprendemos rápido que a linguagem é traiçoeira, acatamos firmemente a disciplina, acumulamos – com resultados diversos – migalhas de sentido.

A obsessão é um requisito para nossa sobrevivência.

Há coisas pendentes.

As cicatrizes invisíveis, por assim dizer.

Eu sempre serei a cerebral, a rebelde, a preferida do pai.

A irmã mais nova, a bela, a expressiva, a guardiã da mãe.

Somos o que somos.

A cada uma seu castigo, sua sufocação, sua solidão.

Ouvi você literalmente parar de respirar, Mãe.

Vi você partir deixando uma cratera no lugar do mundo.

Estava e não estava preparada.

Para quê?

Para o alívio, o vazio, o horror de não sentir.

Não haverá mais reparação.

Você sempre me acusou disso, eu tinha o fanatismo das crianças lúcidas: muito cérebro, nenhuma emoção.

Eu amava como você, Mãe, abominando.

Nisso nos parecíamos: nunca me ajoelhei, nunca serei melodramática, não sei demonstrar.

Agora o pior virá.

A luta, corpo a corpo, com o significante ausente.

A restrição do fora de campo.

Pequeno animal de deus.

A escrita não consola, não compensa nada, apenas custa cada vez mais.

Daria tudo pelo dom das lágrimas.

Nunca te matarei o suficiente, Mãe. Você nunca estará devidamente morta. Nem mesmo no tamanho da minha idade.

É necessário escrever essas coisas? A quem devo essa franqueza de lâmina aberta?

Terei de pagar por tanta iniquidade, isso é certo.

Tive uma ideia.

Um livro póstumo. Que encantadora solução.

Preservaria tua reputação e, de passagem, a minha.

Não seria ruim: você e eu juntas, daqui até a eternidade, a salvo de qualquer culpa.

Eu te abraçaria e te aqueceria, você não precisaria mais me ler, com ou sem dicionário, porque agora você teria ido, para sempre insubstancial, no maternalmente humano.

Meu corpo seria para você, de novo, uma mantinha.

O aquecedor que não havia no túmulo do cômodo congelado da casa da infância.

Eu, que era incapaz de manter vivo um cacto, te manteria, incólume e gloriosa, no limiar da morte.

Pobreza atroz a minha.

Estou me perdendo.

Estou me distraindo da noite arcaica, do enigma do meu corpo dentro do teu, desta natureza-morta que comecei a compor e ainda não terminei.

Preciso me concentrar nos detalhes.

Colocarei, à esquerda, os troféus: as medalhas de ouro, os diplomas, o talento para a hostilidade e a metáfora.

À direita, um crânio, um relógio, bens materiais.

Te deixarei brilhante como uma fôrma de nada.

Um álbum, mais provisório do que justo.

Um salão de beleza macabro.

Um livro aberto, finalmente, para o seu próprio livro.

Eu avanço como se fosse um anfíbio, transbordando meu próprio rio.

Agora que tudo se cumpriu, consigo ver claramente: o gosto pelas bordas, a queda pela falha, este breviário feroz de proposições falsas, Mãe, elas vêm de ti.

A fome do exílio também.

A desmesura e seu preço alto.

Preciso me apressar, isso não durará.

Posso te fazer uma última pergunta?

Houve algo no começo?

Nós nos amávamos quando crianças?

Houve delicadezas?

Sei que você não pode falar, agora menos do que nunca.

Resta-me o silêncio. Essa música. Essa gaiola onde você ainda está, coberta por um pano, deusa parada.

A explicação de um enigma é a repetição desse enigma, escreveu Clarice Lispector.

Se perguntamos: És?

A resposta é: És.

Comprovei isso na noite em que voltava do teu enterro: uma borboleta pousou no meu dedo e viajou comigo até minha casa. (Não invento; tua neta foi testemunha.)

Psyché.

A vida faz estragos.

Agora sou uma mulher nua.

Tão nua que, se você estivesse aqui, poderia estudar minhas dominantes, minhas tônicas, meu sopro de marcha fúnebre para celebrar a perda.

Aqui está o ser do vazio, a maioridade de um corpo que foi coberto pelo sudário da linguagem para envolver o nada com matéria.

Que salto mortal.

Comecei classificando, tecendo nomenclaturas, e acabei me tornando uma entomóloga da ausência.

Uma máquina de produzir origens como os museus de ciências naturais.

Talvez a borboleta poderia ter me explicado.

Por que ainda tenho medo. Por que insisto em contar histórias a mim mesma, por que pretendo algo impossível.

Eu disse:

Na tua casa doente eu era feliz. Uma mulher me ensinava jogos: tornar-me transparente; desejar está proibido; isto não é amor, é puro sobressalto.

Passou uma angústia discordante, houve uma atmosfera escassa.

Muito estranho, eu me sentia até confortável.

Dava voltas ao teu redor. Intrometia-me em neblinas, tão triste que parecia alegre.

O que estou dizendo?

Esta é uma noite de grande volume. Minha admiração grave tem durado tanto. Cresceu mais do que eu.

Também isso não entendo: como alguém existe, mesmo quando não está.

As palavras sempre quebram algo.

Ou o que é igual, a escrita é um réquiem e esta, minha poética negra.

Fiz muito, um monte.

Minha espécie de vingança começou a crescer.

Ainda tenho tanto para aprender.

Não sei que ideia maior do que eu poderia me curar.

Não sei como chegar a esse lugar que ainda não conheço, onde se nasce completamente e o coração se tempera, porque morrer, agora, é a sua casa.

Este livro foi composto na fonte Sabon e impresso pela gráfica Printi, em papel Ivory 65 g/m², para a Editora WMF Martins Fontes, em junho de 2025.